いつか、きみの涙は光となる

春田モカ

装丁　ウチカワデザイン
イラスト　あすぱら

あの人は百十二、あの子は二百十一、あなたは二百六十……。

ある事件から、その人が〝泣いた回数〟が数字で見えるようになってしまった。


誰だって、人知れず孤独を抱え、涙を流して生きている。

そのはずなのに、ただひとり。

頭の上に、〝一〟が浮かんでいる君に出会った。


「ごめん、もう、泣いていいんだ……」

そう言って、私の頰《ほお》を撫でた君。

星の数ほど人はいて、数秒目を閉じただけで、あっという間にはぐれてしまいそうなのに。

それなのに、こんな雑踏《ざっとう》の中で、こんな世界の中で、たったひとり。

涙を見せる相手は、君じゃなきゃ、ダメだった。

目次

第三章

彼女と再会するまでのこと

第一章

優しい子

暗く、深く、冷たい。鉛が靴の隙間から溜まっていくかのようだ。もう足を動かせない。湿った枯葉を踏みしめ、一歩進んだところで、私は木の下に力なく座りこんだ。冷たくなった指先を温めることもせずに、私は鼠色《ねずみいろ》の空を見あげる。睫毛《まつげ》に溜まった雨粒の重さに耐えきれなくなったかのように、ゆっくりと瞼《まぶた》を閉じた。

瞼の裏には、かつてクラスメイトだった、あの冷たい瞳を持った少年が浮かんでくる。まるで私を責めるかのように、暗く、冷たい視線でこちらを睨《にら》みつけている。真っ黒な髪の毛に、精悍《せいかん》な学ラン姿の彼は、今一体、何をしているんだろう。変わらず、今もあの時の私を、嫌っているのだろうか。

あの日君がくれた言葉が、どれだけ励《はげ》みになったか、もう二度と会えない君は、知らないのでしょう。

＊　＊　＊

あの頃、親や友達に「優しいね」と言われることが、自分の生きる糧《かて》だった。優しい人間でいることが、私のような人間が生きていく上で重要なことだと思っていたんだ。

「でさ、昨日も会えないってドタキャンされて。大学生ってそんなに忙しいわけ」

大学生と付きあっている万里《まり》は、荒々しくぺしゃんこのスクールバッグを机に置いた。朝からピリピリした様子でやってきた万里に、親と絶賛喧嘩中の沙子《すなこ》はうんざりした顔で「落ちつきなよ」と、宥《なだ》める。

朝礼が始まるまでの間、私達は沙子の机の近くに集まって、昨日の夜までメッセージを飛ばしあっていたことを直接口で伝えあう。

六月の湿気に負けた万里の長い髪の毛は、いつものふわっとしたカーブを完全に失い、襟《えり》足《あし》の髪は膨れあがり毛先はあちらこちらに散っていた。

一方、沙子は顎先《あごさき》でキリッと揃《そろ》えたボブ姿で、いつものスタイルをキープしている。

私は、昨日寝落ちしてしまった課題の最終問題を解《と》きながら、容姿も性格も正反対の彼女達ふたりの会話を聞き流していた。

「バイトバイトって、それ全部飲み会に消えてるわけでしょ？　サークルなんか辞めて、そのお金私のデート代に使えっての」

「まあ、いずれ私達も大学生になれば気持ちがわかるでしょ。万里なんて特に飲んで騒いで遊び呆《ほう》けそうだし」

「沙子って、本当に冷たいよねそういうとこ」

いつもの展開で、空気が悪くなりかけたその時、私は、そっと万里の手に触れて、静かに問いかける。

「万里、彼になんか言われたの？」

「え、なんで」

「少し、目が赤いから。昨日泣いた？」

そう言うと、万里は感情を閉じこめていた蓋《ふた》を一気に開けて、「聞いてよ」と次々と彼の愚痴《ぐち》を話し始めた。ひとり暮らしの彼の家にはサークルの女友達がしょっちゅう出入りしていること、それが嫌だと伝えたら逆ギレされたこと、最近空気感があまりよくないこと、昨日また喧嘩して泣いたこと。全てを話し終えた彼女は、私に向かってこう言うのだ。

「詩春《しはる》は優しいから、いつもそういうの気づいてくれるね」

その言葉を聞いて、私はようやく自分のすべきことをやり終えたかのような、小さな達成感を抱く。

彼女の頭の上に見える数字と、触れた手から流れこんでくる映像のおかげで、私は良好な人間関係を築けている。

ぱっと周りを見渡すと、誰も彼も頭の上に数字が浮かんで見える。それが私にだけしか見えないことは、明らかであった。

万里は二百三、沙子は百五十、クラス一の美少女は二百五十、地味でおとなしい委員長は百二十五、サッカー部のエースは九十七で、彼は昨日より数字が増えている。それを知るたびに、昨日何かあったのだろうか、と勘ぐってしまう。

その数字が、人が涙を流した回数なのだとやっと知ることができたのは、私が中学に上がった頃だった。手に触れるとその子が泣いている映像が流れる時がある……そしてその映像と数字は深く結びついていることから、私はだんだんと自分の能力を理解していった。

この能力が身についたのは十一歳のとある日で、どうやら涙の回数はその日からカウントされているらしい。だから、かれこれ五年になる。

人が泣いている姿を見るのは、心にずしっとくるものがあった。初めは、現実で見たのか能力のせいで見えてしまったのかわからなくなり相手に話してしまって、「なぜ泣いたことを知っているのか」と、気持ち悪がられることも多々あった。

そんなことも経て、最近この能力を活かしていく術《すべ》をやっと身につけた私の高校生活は、今のところ順風満帆《じゅんぷうまんぱん》であった。

歯に衣着せないサバサバとした性格の沙子と、山の天気のようにころころと気分が変わる万里は、やっと見つけた居心地のいい友達だ。何を考えているのかわからない友達より、ふたりのように極端な性格の方が、私には合っていた。それは、頭の上に浮かぶ涙の回数とその日のテンションがしっかり結びついているからで、それに合わせて私も彼女達に接せられるからだ。

誰かが傷ついていることにすぐに気づける。こんな能力を手に入れた代わりに、私は一度も涙を流せなくなってしまったけれど。

――そう、この能力が自分の中に生まれてから、私は一度も泣くことができない。泣こうと思っても、目の周りが熱くなるだけで、一粒も涙が浮かんでこないのだ。

「そこ、どいてくんない。俺の席」

突然、頭の上に低い声が降ってきて、私は顔を上げた。そこには、私たちを見下すような目つきで睨んでいるクラスメイトが立っていた。

「ごめんって吉木《よしき》、すぐどくから怒んないでよ」

万里がへらっと笑って、背の高い彼の肩をポンと叩くと、吉木は何も言わずに重たそうなリュックを自分の席にどさっと置いた。

「えー、怖……」

万里は苦笑いを浮かべて、戻ろっか、と自分の席に静かに戻っていった。私も同じように本来の席についてから、沙子と吉木がいる席をチラッと振り返ってみる。

今日も吉木の頭の上には、「一」が浮かんでいた。この五年でたった一度しか泣いたことがないなんて、彼以外に知らない。ありえない。

「一回って……」

つい口から出てしまった声を、私は慌てて手で塞《ふさ》いだ。

……彼の心を、何かに例えるとするならば、それは暗く冷たい深海のようだ。彼にとって、私を含むクラスメイトの存在は、その海に漂《ただよ》う塵《ちり》ってとこだろう。

あの切れ長の目に、私はきっと一度も映ったことがない。漆黒の学ランに身を包んだ吉木は、いつも厭世的《えんせいてき》な空気を纏《まと》いながら、人との間に分厚い壁を作っている。

真っ直ぐで艶《つや》やかな黒髪、陶器のように滑らかで白い肌、知性に満ちた鋭い眼差し……その全てが、そこらの男子高校生とは別格のものにしていた。

外見的な要因だけに止まらず、学年で一番の成績で入学した彼は、教師からも一目置かれていて、そのことが一層近寄りがたさに拍車をかけている。もう少し愛想をよくして、ほんの少しだけ笑顔を見せる努力さえすれば、彼は完璧な人間になれただろうに。

そんな、同じクラスメイトの吉木馨《かおる》は、きっと私たちのような群れる人間が嫌いなのだろう。そんな空気を、私は日々感じとっている。なぜなら、私は一度も彼と目が合ったことがないからだ。

「吉木、お前何であのスタンプ持ってんだよ。俺もあの漫画好きなんだけど」

「何、お前もあれ知ってんの」

「ウケる、吉木があんなギャグ漫画好きなの意外なんだけど」

サッカー部のエース・宗方《むなかた》くんが無邪気に彼に話しかける。男子とはあんなに楽しそうに話すのに、どうして女子には……いや、私達グループにはあんなに冷たい態度なのか。なんだか少し、面白くない。いつもくだらない恋の話でうるさいことが気に食わないのだろうか。

一度何が嫌なのか面と向かって聞いてみたい衝動に駆られる。

吉木のことが気になって仕方ないのも、彼の「一」が本当に珍しい現象だからだ。

彼が涙を流すところは想像がつかないけれど、きっと音もなく、静かに泣くんだろう。

隠した想い

もうすぐ夏がやってくる。そう予感するたびに、心がずしっと重たくなるほど、夏が嫌いだ。

母が再婚するまでは、毎年夏は海に行っていた。あの頃は、夏が大好きだった。

「蒸し暑い……。雨の日の倉庫掃除とかマジ鬼なんだけど」

同じ水泳部の沙子が、低い声で文句を言いつつ床を掃いている。五年前、共学になって部活動が盛んになってから、あとづけのように作られた倉庫には、色んな部活のスポーツ用具が乱雑に置かれている。横にだだっ広い倉庫を、カーテンで仕切っているだけだから、着替えはプールのそばにあるロッカーで済ませている。

私達水泳部員は全員で七名で、少数だからか、先輩たちの目がとても厳しい。当たり前のように全て任された倉庫掃除を始めて、すでに二時間が経過している。歩く場所に置かれているものは要《い》らないものとみなして処分すると顧問に言われて、期日ギリギリで沙子とふたりで今片づけているのだ。

「ったく、先輩達も手伝ってくれればいいのに」

活動はゆるいくせに、やたらと偉そうにする先輩達の存在を疎《うと》む沙子は、荒っぽく掃除用具をロッカーにしまう。

「ゴミ袋職員室から貰《もら》ってくるね。すぐ戻ってくるから」

そう言って、沙子は部室から出ていった。今日は大雨で、外の部活動の子達は体育館での練習だから、倉庫には誰もいない。薄暗い倉庫の中で、蛍光灯がチカチカと点滅して、雨の匂いが混じりなんとも言えない濁《にご》った空気が辺りに漂っている。

先輩達の私物を仕分けながら、私は外から聞こえる雨音に耳を傾けていた。

ザーッという耳障《みみざわ》りな音の中に、かすかに足音を感じとり、私はドアを見つめる。すると、間もなく荒々しくドアが開いた。そこには、テニスラケットを背負った黒いジャージ姿の吉木が立っていた。

私はすぐに目を逸《そ》らして、それから、なぜか存在を消すように息を潜《ひそ》める。先にいたのは私なのに、なぜこうも気まずい気持ちになるのか。

彼は、私の方を一瞥《いちべつ》してから、カーテンを仕切った向こう側でテニスボールを乱雑に籠《かご》の中に詰めこんでいた。

……お疲れ、くらい言うべきなのだろうか。でも、そんな間柄でもない。目も合わせたこともなければ、話したこともない。自意識過剰かもしれない。でも、今、雨より冷ややかな空気が流れている気がする。

「園田《そのだ》詩春」

湿った埃《ほこり》の匂いがする倉庫に、私のフルネームを呼ぶ声が響いた。私は思わず肩を震わせ、カーテン越しに彼の姿を見つめる。

今、私に話しかけているの……？　一体、何が起こったというのだろうか。動揺して雑巾《ぞうきん》を取り落としてしまった。

「あのさ、俺別に、あんた達グループが嫌いなわけじゃないよ。女嫌いなわけでもない」

彼の影は、ゆっくりと出口の方へ向かっていく。私は、彼が口を開いてから、気づくとずっと息を止めていた。

「あんたが嫌いなだけだから、勘違いすんなよ」

そう言いきって、彼は倉庫の重たいドアをバタンと閉じて去っていった。

倉庫の中にいるはずなのに、全身に豪雨を浴びたかのように、身体の内から冷えていく。と同時に、沙子や万里も含めて嫌われていると思っていた自分を恥ずかしく思った。

私が彼に何をしたというのだろう。目を合わせたこともない、話したこともない、名前を呼んだことも触れたこともないというのに。

それでも、嫌いという感情を抱くということは、彼は私の存在を知ってはいたのだ。

今私は、きっと怒っていいはずなのに、彼が私の存在を認識していたという事実が、信じられないほど胸をざわつかせている。

嫌いと言われたはずなのに、どうしてこんなにも私の心を揺さぶるのか。

どうして、怒りよりも戸惑いが勝ってしまっているのか。

＊　＊　＊

ゴオオ、という海鳴りが聞こえる。小学生の頃拾った大きな貝を耳に当てると、数年前までの思い出が不思議と蘇《よみがえ》ってきた。

ひんやりとした貝の奥から聞こえる波音が、毎年行っていた海の景色を思い浮かばせる。

耳に貝殻を当てたまま目を閉じて横たわっていると、突然母が部屋をノックした。

「詩春、ちょっといい？」

ベッドから気だるげに起きあがると、寝てた？と母は少し申し訳なさそうに眉を下げた。

「今からパパと買い物行こうと思ってるんだけど、詩春は来れる？」

「うんー、いいや。部活で疲れてるし、ふたりで行ってきなよ」

「来ればいいじゃない。ひとり分お昼準備する方が面倒なんだけど」

適当に食パンですませるからいいよと言うと、母は不満げな反応を見せた。

再婚をしてからあまり買い物に付き添わなくなったのは、新しい父親の文隆《ふみたか》さんと母とのことを気遣っているからだと、きっと母は勘違いしている。

そんなに繊細な問題なんかではない。単純にこの暑い日に外に出たくないから、私抜きで買い物に行ってきてほしいだけだ。

それ以上しつこく言うのを諦めた母は静かに部屋の扉を閉めようとした。……しかし、私のベッドに置いてある貝殻が視界に入ったのか、扉を閉めずに部屋の中に入ってそれを取りあげた。

「こんなものまだ持ってたの。早く捨てなさい」

「……いいよ、捨てて。別になんとなく音聞いてただけだし」

平然とそう言うと、母はその貝殻をエプロンの大きなポケットにしまって、部屋から出ていった。ようやくまた部屋にひとりきりになった私は、ふぅと小さくため息をつく。

「ほっといてよ、もう」

呟《つぶや》いた一言が、しんとした部屋に転がっていく。寝汗をかいたせいで、髪の毛が首に張りついて気持ちが悪い。

あの貝殻はきっと、容赦《ようしゃ》なくゴミ袋に投げ捨てられ、灰になるだろう。

私の能力のことを何も知らない母は、離婚をしてから涙を流す回数が少しずつ減っていった。

私の実父と母は、実父がある事件を起こしたことをきっかけに絶縁した。

そんな、苦労をかけられた元夫との思い出を、いつまでも娘が手にしていたら、母が気分を害するのも無理はない。

「本当に今日、あっついなあ……」

暑いとイライラが二倍になる。信じられないほどあっという間に夏休みに入ってしまった。

今日は土曜だから部活は休みで、することも特にない。ミントグリーンの薄いカーテンの隙間からうっとうしいほど日差しが漏れている。

その隙間をしっかりと閉めようとした時、ミニテーブルの上でスマホが鳴った。

『何してんの?』という、簡潔なメッセージが沙子から届いた。沙子からこんなメッセージが届くなんて珍しい。そう思いながらも、『私は何もしてないよ、暇』と返信をした。私達は、三十分後に駅前で待ちあわせることになった。

駅にある自販機の前で、よ、と手を上げている沙子は、顎先まであったボブをショートカットにしていた。

「あれ、髪の毛切ったの?」

「そ、さっき思いつきでバッサリ」

「へえ、いいね、似合ってるよ」

そう言うと、沙子は目を細めてありがとうと言った。沙子は私服姿もボーイッシュで、サバサバした性格と合っているといつも思う。

今日は無地の黒いTシャツに、細身のパンツを合わせている。楽だから、という理由で適当なネイビーのポロシャツワンピースを着ている私とは、カッコよさが全然違う。

そんな彼女に一瞬見惚《みと》れていたが、頭の上の数字が百五十一になっていることに気づき、私は彼女に何かあったことを察した。こういう時、顔に出やすい自分の性格を呪ってしまう。

「とりあえず、ご飯食べる？」

そう言って先を歩く沙子のあとについて、私は慌てて定期券にお金をチャージをした。

一時間以上乗り継いだ駅から、更にバスでショッピングモールに移動すると、フードコートの中に入った。夏休みの週末ということもあって、いつも以上に混んでいる。

すっと席に座って「荷物見てるから先に選んできなよ」と言ってくる沙子は、やっぱり普通の女の子と少し違って落ちついているなと思ってしまう。

「なんか、髪切ったらますますイケメンになっちゃったね。女子校行ったらモテモテで大変だよそれ」

「いや、女にモテても嬉しくないから」

苦笑しながら、早く選んできなよと私を急《せ》かした。結局私と沙子は同じイタリア料理のお店を選び、沙子はトマトパスタを、私はカルボナーラを頼んだ。

「万里は今日予定あったの？」

私の問いかけに、沙子は少しだけ目を泳がせる。

「ああ、なんかうん、彼氏とデートだって」

「へえ、なんだかんだ仲直りしたんだ。よかったじゃん」

そういえば、沙子とこんなふうにふたりだけで遊ぶのは初めてかもしれない。少し沈黙が続いて、改めて私達の会話は万里のハイテンションさでもっていたのだと実感した。

……沙子の頭の上にある数字が増えた理由が気になる。もしかして、万里と喧嘩でもしたのだろうか。手にさえ触れればどんな場所で泣いていたのかがわかる。

私は、さりげなく彼女の手に触れようとした。

すると、沙子は目を見開きバッと手を引いた。

「え、なに……？」

「いや、指輪綺麗だなと、思って……」

もしかして、能力を勘ぐられている？　そう思ってドギマギしたけれど、沙子は「ああ、そんなことか」と言ってシンプルなシルバーの指輪を見せてくれた。やっぱり今日の沙子の様子はおかしい。

目の前に置かれたパスタから立ちのぼる、美味しそうな匂いが鼻腔をくすぐる。

私の手に触れることなく、沙子はフォークを手に取って、赤色の麺をくるくると上手に巻きつけた。それをひとくち、ふたくち運んだところで、私は言いにくかったことを切りだした。

「あのさ、沙子、何かあった？」

「え……、何かって」

「なんか、元気ない気がするし」

「はは、詩春って本当挨拶みたいにその言葉言うよね。なんかあった？って」

思わぬ言葉が返ってきたので、私は固まってしまった。なんだか、沙子は少し苛立っている気がする。

「なんかあった？って聞かれて答えられる人とそうじゃない人がいることも、知っておきなよ」

「ご、ごめん……」

「友達って言っても、他人なんだからさ。テリトリー的なのあるじゃん、詩春も。まあ、万里はあんまりないかもだけど」

そう言って、沙子は再びフォークをくるくると回転させる。私は沙子にこうして冷たく言われることがあまりなかったので、しばし茫然《ぼうぜん》としてしまった。

友達は他人、という考えを持っている沙子にショックを受けたのか、テリトリーに入ってくるなと遠回しに怒られたことにショックを受けたのか、自分でもわからなかった。でも、羞恥《しゅうち》で顔がかあっと熱くなるのを感じていた。

「ごめん、冷たく言いすぎた。……とにかく私は、今日楽しく詩春とご飯食べたかっただけ。それだけだからさ」

「うん、わかってるごめん……」

私は、そのとき無意識に彼女の手にそっと触れてしまった。すぐに離したけれど、遅かった。

彼女が自分の部屋で静かに泣いている姿が目に浮かんでしまったのだ。

沙子はベッドの上で丸まって泣いていた。部屋の灯りもつけずに、暗闇の中に響く静かな泣き声は、胸の中を締めつけるには十分だった。

友達だから、何があったのか知りたい。普段冷静な沙子が、あんなふうに泣くなんて、信じられなかった。

私には、話してくれないのだろうか。なんだか少し、寂しい気持ちになってしまう。

「出ようか、混んできたし」

パスタを食べ終えた私達は、割とすぐに店から出た。そのあとは、服を見たり大きな書店に行ったり適当に夕方まで過ごしたけれど、私の頭の中にはさっきの映像が絡みついて離れない。これはお節介だ、沙子は自分の気持ちを話すことが好きじゃないんだとわかっていても、あのすすり泣く声がこだまするると胸が痛くなる。

どうしても気になって仕方がなくて、十七時に来るバスを待っている時も私はどこか上の空で彼女の話を聞いていた。そんな私を見て痺《しび》れを切らしたのか、沙子は観念したかのように口火を切った。

「私さ、転校するんだ。もっと水泳が強いところに」

「え……、転校」

予想外の言葉に、一瞬頭の中が真っ白になる。

「本当はさ、水泳の強豪校受けようとしてたんだ。でも両親に反対されて、今の進学校に渋々来た。それでも訴え続けて、ようやく許してもらえたんだ。編入試験の結果も昨日届いて、それで転校がちゃんと決まって……」

「沙子と会えなくなるの？」

思わず口から出てしまった私の言葉に、沙子は一瞬だけ瞳を揺らした。

「沙子が望んだ転校なら仕方ないけど、どうしてそんな悲しい顔してるの？」

責めるような私の質問に、沙子は静かに口を閉じ、俯《うつむ》く。沙子が急にいなくなってしまうかもしれないショックに動揺した私は、自分勝手に問い詰めてしまった。沙子の本当の涙の理由なんか、考えもせずに。

「水泳なんて、ここでもできるじゃん！　なんか他に理由があるんじゃないの？　ほ、本当は私達のことが嫌いとか」

「……逆だよ、詩春」

「私、沙子がいなくなったら、水泳部どうやって楽しめばいいのかわかんないよ」

私は、沙子みたいに大人になれない。沙子がいなくなったら自分が困るという理由でしか今話せていない。

……なんて、なんて身勝手なんだろう。彼女の泣いている姿を見ているのに、どうして私はここまで自己中心的なことが言えるんだ。それなのに、言葉は止まらない。

「本当の理由があるなら、教え」

そこまで言ったところで、沙子がどうにでもなれというように、私の言葉を遮った。

「逆なんだってば。詩春が好きだよ、だから一緒にいたくない」

「え……どういうこと」

沙子は、私の目をじっと見つめて、震えた声で言葉を続けた。

「好きなの。付きあいたいとか、そういう意味も含めて」

夏の、まだ明るい夕方に、私は生まれて初めて誰かに好きだと告白された。

唐突すぎる展開に、さっき以上に頭の中が真っ白になる。

ただ、言ってしまったという、苦しそうな顔をした沙子が目の前にいて、私は何も言えずに固まっている。

「こんなこと、言うつもりなかった……」

その言葉を聞いて、何か言わなきゃ、という気持ちよりも、私が無理やり言わせてしまったという罪悪感が勝った。

言いたくないことを言わせてしまった。もしかしたら、死ぬまで誰にも言わないつもりだったのかもしれない。沙子はそういう性格だ。

「安心してよ、夏休み明けにはどっか行くから」

「でも、私は沙子とずっと……」

「友達じゃダメなんだよ。それで済むなら転校までしてないんだよ。わかってよ。それでも引き止めたいなら私と付きあってよ」

その言葉に、私は言葉を失った。そんな私の反応を見て、沙子は困ったように笑う。

「冗談だから、忘れて。……詩春のさ、そういう優しいところ、かわいくて仕方なくて好きだった」

私は、ちっとも優しくなんかない。人の気持ちの中に勝手にズカズカ入って、友達のことを傷つけた。この能力を利用して無理やり聞きだしたんだ。無神経で、浅はかで、どうしようもない人間だ。

ふと、一カ月前に倉庫で吉木に言われた言葉が蘇る。

『あんたが嫌いなだけだから、勘違いすんなよ』という言葉が、鉛のように胸の中に溜まっていく。

もしかしたら吉木は、こんな卑《いや》しい私のことを見抜いて言ったのかもしれない。

「沙子、ごめん……」

無理やり聞きだして、ごめん。

「私も、友達として沙子のこと、大好きだから」

付け足すようにそう言うと、沙子は私の頭をぽんぽんと軽く叩いて、切なげに目を細めた。

沙子と会ったのは、その日が最後だった。

新学期になると、彼女の机は空っぽになっていた。

嫌いだ

沙子がいなくなってから、一カ月が過ぎた。万里は大学生の彼氏と別れた。嫌いな夏を通り過ぎて、季節は秋へと移ろいだというのに、私の心はずっと灰色の靄《もや》がかかっているようだった。

突然いなくなった沙子だけど、彼女は万里とふたりで遊びに行った時にちゃんと引っ越すことを伝えていたようで、万里もそこまで取り乱すことなくその空っぽの机を見つめていた。

メッセージアプリで、「もう会えないのかな」と万里がぽつりと送ってきたので、そんなことないよと返したけれど、私とは一生会ってくれない気がしている。

沙子、私は、一体どれだけあなたを傷つけたのだろう。

こんな能力がなければ、私は彼女を傷つけずにすんだのだろうか。そんなことばかりが頭をよぎる。神様は、一体どうしてこんな力を私に授《さず》けたんだろう。何かの罰としか思えない。

この能力を消せる方法がないか、私はこの夏休み中、必死になって探していた。そうすることでしか、大事な友達を傷つけてしまった自分の気持ちを、保てなかったからだ。

「詩春、おはよう。聞いてよ昨日の合コンの話！」

沙子がいなくなっても変わらない笑顔の万里には、本当に救われる。彼氏と別れてからずっと空元気な万里のことが心配ではあるけれど、思ったより泣いた回数が増えていないので安心していた。

万里の恋話を面倒くさそうに聞いていた沙子は、もしかしたら彼女みたいに堂々と好きだの嫌いだの騒げることが羨《うらや》ましかったのかな。

今となっては、もう遅いか。自分で自分に苦笑しながら、私は万里の話を聞き流していた。

するとサッカー部のエースである宗方くんが急に話しかけてきた。

「なあ、詩春。沙子が抜けてお前ひとりになってから二年の先輩にいびられてない？　大丈夫？」

「え、何急に」

「だっておかしいだろ、水泳部なのにお前だけずっとグラウンド走ってるなんて」

宗方くんの言葉に、万里が驚いた顔で「そうなの⁉」と詰め寄ってくるが、私自身はその話題には触れてほしくなかった。

沙子が抜けた今、私は立場がますます弱くなり、今までなんとか練習にちゃんと参加できていたのは、沙子の泳ぎが上手いおかげで舐められていなかったからなのだと実感した。でもこれは、ある程度想像のついていた事態だった。

「まあ、先輩ももうすぐ引退だしね。引退したらこっちのもんだよ。私の代ひとりだし」

そう言って笑ったが、ふたりは心配そうな顔つきで私を見つめている。大丈夫。こんなことくらいで辞めたりしない。

ひとりになったから水泳部を辞めたなんてもし沙子が知ったら、自分のせいだと思って悲しむと思うから。

「おい吉木、お前も水泳部のあの三年ひどいと思わねー？」

たまたま近くを通りかかった吉木を見て、宗方くんは同意を求めて引き止めた。

吉木をこんなに近くに見るのはあの倉庫の日以来で、私は反射的に身を強張《こわば》らせた。

「別に。一年ならしごかれて普通じゃない」

「なんだよお前、反応冷てぇなあ」

「ひとりだから、いじめられてるように見えるだけだろ」

そう言って自分の席に向かう彼の瞳は、やはり一切私には向かない。ここまで徹底して冷たい態度を取られると、そろそろこっちもショックを通り越して苛立ちすら抱いてしまう。

今すぐ首にあるヘッドホンを投げ捨てて、あの整った顔を両手で挟んで無理やりこっちを向かせてやりたい。一体私の何が気に食わないのか、聞きだしてやりたい。そう思えば思うほど、頭の中が彼の存在で埋め尽くされていくことに、更に苛立つのだった。

「じゃ、一年は外周十周で。終わったら倉庫に来な」

沙子がいなくなってから、定番となった練習メニューにはやっと最近慣れてきた。でも、先輩達が走っているところは一度も見たことがない。ひとりで走って、ひとりで準備体操をして、ひとりでプールサイドを掃除する。

家に着くとすぐに眠ってしまうほど体力は底を尽きていて、眠っても眠っても体が回復していない気がした。

そんな練習を続けて一カ月が過ぎた今日、私は先輩達五人に呼びだされたので、走り終えてから倉庫に来た。

「あんたさ、今日私達見えてたのに挨拶しなかったでしょ」

一体いつの話をしているのかさっぱりわからない。

朝は疲労でふらふらだったので、もしかしたらそれで先輩たちを見逃してしまったのかもしれない。たったひとつ年が違うだけで、どうしてこうも偉そうに言われなきゃならないのか。そんなことを言ったらこの一カ月耐えた意味がなくなるので、私はぐっと堪《こら》えて頭を下げた。

「すみません、気づきませんでした」

「お前さ、ムカつくんだよ。沙子がいなくなったら何もできなくて、へらへらしててさ」

そう言って、先輩が私に向かってタオルを投げつけてきた。痛くもなんともなかったが、沙子がいないと何もできない自分、ということを言い当てられたことがつらい。

「なんか言えよ、腹立つな」

ずっと黙っていた副部長がそばにあったバケツを蹴り飛ばすと、中に残っていた水が床に散らばった。沙子と一緒に掃除をした倉庫に、一瞬にして灰色の水が広がっていく。

その水はもろに私の足もとにかかり、靴はびしょ濡れになった。

どうして先輩がこんなにも好戦的なのか、理由はわかっていた。先輩達も、上の代の先輩にこんなふうにいじめられていたからだ。

先輩達の頭上に浮かぶ数字は、きっと部活が原因で流した涙も多くカウントされているだろう。

沙子がここにいたら、先輩の理不尽な怒りを鎮《しず》めるような、冷静な対応をしてくれただろう。こういう時、彼女はどうやって先輩たちに立ち向かっていたんだっけ。いつも彼女に守られていたことを、ひとりになって嫌というほど実感している。

「あとさ、たまたまお前呼びだそうと教室覗いた時に聞こえたけど、お前サッカー部の奴にチクッてたわけ？」

「いや、それは……」

違います、と続けようとした瞬間、ぐいっと髪を掴まれた。

「すぐ男に媚《こ》びてんじゃねえよ、バーカ」

そう言って、私のことを鬼のような顔で睨みつけてくる。

そういえば、今私の髪を掴んでいる先輩の彼氏は、サッカー部の部長だった。彼の耳に入ることを恐れたのだろうか。

私が何も言わないでいると、ますます髪の毛を掴む手に力が入っていく。痛い。頭皮が熱い。顔の皮膚まで吊りあがるほどの力だ。ここで謝ればすむ話なんだろうけど、やってないことをやったことにして謝ってまで、この人達に許してもらおうとする気力が湧かない。

「お前辞めちまえよ、何でいんだよ」

辞めてやりたい。こんなとこ。沙子がいなくちゃ続ける意味もない。だけど、辞めるわけにはいかないんだ。

「沙子をこれ以上、悲しませたくないから、辞められません」

「はあ？　お前ドラマとか観すぎなんじゃねえの？　痛すぎ消えろ」

拳が降りかかってくる、そう思って目を閉じた瞬間、倉庫のドアが開く音が聞こえた。急に外の明るい光が入ってきて、私は一瞬目を細めた。

そこには、ジャージ姿の吉木が立っていた。

「鍵閉めたはずじゃないの？」と、焦ったように小声で会話をしだす先輩をよそに、吉木は一度こっちを見ただけで、スタスタと荷物をまとめ始めた。先輩はさすがに私の髪の毛を掴むことを止めて、気まずい表情で吉木のことを見つめていた。

待ってよ、行かないでよ、助けてよ。本当はめちゃくちゃ怖いんだよ。

そのドアをまた閉められたら、私はまた逃げ場のない理不尽な怒りをぶつけられてしまう。

吉木は私のことを嫌いなのはわかってる。だけどお願い、今だけは行かないでよ。さっきから本当は、震えが止まらないんだよ。

そんな願いも虚しく、吉木は一切私の方を向かずに、必要な用具を持って外に出てしまった。

バタンとドアが閉まる音が、絶望の音に聞こえた。

「助けてもらえなかったね、かわいそ」

わかっていた。吉木はそういう人間だ。そして私は彼にとことん嫌われている。当然の結果だ。「今度こそ鍵閉めときなよ」という部長の指令に、他の部員が従う。

終わりだ。何発殴られたら気がすむのだろうか、私はすでにそんなことを考えだしていた。

「あんた同級生からも嫌われてんじゃん、ウケる」

容赦なく平手打ちをされ、バシン、という音が、倉庫内に響いた。こんな時でさえ、吉木に目も合わせてもらえなかった。その事実がショックすぎて、私は痛いという感覚さえ抱けなかった。黙っていると、その反応が気に食わないというように、もう一度バシンという音が響く。

この人は、こんなことをして楽しいのかな。そんな生ぬるい考えがよぎったけれど、楽しいからしているのだろう。

自分が過去にされたことを仕返すのに、理不尽という言葉は存在しないのだろう。

＊　＊　＊

赤く腫《は》れた頬を見て、万里はただでさえ大きな目を更に見開いて、私に駆け寄ってきた。

「何、何があったの⁉」

「先輩にやられた」

「はあ？　何それ、ありえないんだけど」

スクールバッグを机に置いて、私はいつもどおり席に座る。

眉間にしわを寄せて、顔を真っ赤にして怒る万里に苦笑しながらも、私自身の中にも静かな怒りが満ち溢れていた。

後輩という存在をおもちゃのようにしていいと勘違いしている馬鹿な先輩達にも、助けてくれなかった薄情なクラスメイトにも、諦めて戦おうとしない自分自身にも、全てに腹が立つ。

私が万里だったら、すぐに教師に相談するだろうし、私が沙子だったら、容赦なく仕返ししている。そのどちらもできない私は、一体何なんだろう。

「被害者気取りしてる暇あるなら、部活辞めろよ」

悶々《もんもん》としている私に向かって、突然ナイフみたいに鋭い言葉が突然襲いかかってきた。

顔を上げると、そこには冷たい瞳をした吉木が立っていた。

何を、言っているんだ、この人は。

被害者気取り？

気取りって、私が被害者じゃないなら一体誰が被害者だというのだ。

目を見開いたまま彼を黙って見つめていると、彼は「変わんねぇな、その顔」と言って自分の席に向かっていった。それが、私が彼と初めて目を合わせた瞬間だった。

変わんないって、どういうこと……？　一体いつの私とくらべて言っているのだろうか。

そんな吉木を追いかけて、万里がバシッと彼の背中を強く叩いて罵倒《ばとう》した。

「何なの吉木この前から。あんたそこまで言う権利ある？」

「あるよ」

「はあ？　マジで意味わかんないんですけど」

あるよ。その言葉だけが、私の頭の骨まで響いた。私のことを罵倒する権利があると、この人は言ったのだろうか。たかがクラスメイトが、それほどの恨みを持っているというのか。

『嫌いなら、ほっといてよ』

今、そう言えたなら。

そんな言葉を口にできるはずもなく、チャイムが鳴ってしまった。

＊　＊　＊

私が覚えていないところで、彼を傷つけてしまったことがあるのだろうか。必死に記憶を辿ってみるが、ここは地元から二時間も離れた高校だし、彼と地元で会っているはずもない。出会ってまだ半年で、ここまで嫌われたことがあっただろうか。

赤くなった頬をグラウンドにある水道の水で冷やしながら、ぐるぐると昔のことを思いだそうとすると、こめかみ付近に痛みが走った。

……いつもそうだ。小学生の頃のある記憶を思いだそうとすると、アイスを食べた時に頭が痛くなるように、キンとした鈍痛が走る。

まるで一種の防衛反応のように、脳が思いだすことを拒否するのだ。

「何なのあいつ……」

なぜ今頭に浮かぶのが、憎い先輩達でなく吉木なのか。砂にまみれた固い蛇口を捻《ひね》って水を止め、濡れた頬をタオルで拭いた。

今日は久々の快晴で、空が一層高く感じる。先輩達が来るまでに筋トレ用の用具を準備しておかなければ。

ぎゅっと目を閉じて痛みを我慢すれば、いつかは通り過ぎる。そう思って今までつらいことを乗り越えてきた。春になればあの人達も卒業する。それまでの辛抱だ。こういう時私は、いつもただただ水の上に浮かぶことで気持ちを落ちつけてきた。

「泳ぎたいな……」

この学校には温水プールの設備がないから、近くにある市民プールに行くしかない。秋冬は顧問が付き添える時だけ、月に数回連れていってもらえるが、先輩優先なので正直まったく泳いだ気がしない。

泳ぐことが好きで水泳部に入ったのに、泳げないって笑えるな。

「おい園田、何で準備もせず突っ立ってんだよ」

背後から先輩の低い声が聞こえる。振り返らずとも表情は想像できる。

目の前にあるテニス部のフェンス越しに、コートブラシをかけている吉木が見えた。

「無視こいてんなよ、お前」

後ろから肩を強く掴まれると、バチッと吉木と目が合った気がした。また、被害者面しているって思っているんだろう。知らないよ。被害者面して、何が悪いの。こっちは泳ぐことすら制限されているというのに。

そう思った時、自分の中で何かが爆発した。私は背後にいる先輩達の方を振り返り、頭の上にある数字を睨みつける。そして、部長の手首を掴んで、彼女が最近泣いた映像を自分の頭の中に流しこんだ。

思いきり部長を睨みつけたまま、私は彼女を傷つける言葉を思い浮かべて口を開く。

——その時、私の手を払いのけて、目の前に突然背中の壁が現れた。

テニス部の黒いジャージに驚く暇もなく、突然現れた吉木は低い声で先輩達に話しかけた。

「昨日の倉庫でも、こんな空気でしたよね」

「なっ、アンタ何なの、彼氏？」

吉木の背中に隠れているせいで、部長の表情が見えない。それでも、声から狼狽《うろた》えていることは十分にわかった。

「あの時、倉庫にスマホを録音機能のまま置いてきたんすけど、それどうなってもいいですか」

「は、何、本気でそんなことしたの？」

「共有スペースを、修羅場にされるこっちの身にもなってくださいよ。ハッキリ言って、迷惑なんですけど」

何を、言っているんだろう、この人は。あの時、証拠を押さえるためにスマホを置いていったなんて、ありえない。何でそんなことをしたのか。誰のためにしたのか。わからないから、私は硬直したまま突っ立っていた。

だって、吉木は私のことが嫌いなんでしょう？

「お前らグルかよ、気持ち悪ぃ」

先輩達は、いつもより少し弱々しい声でそう吐き捨てて、私達から去っていった。私は、吉木の黒いジャージを見つめながら、何て声をかけたらいいのか考えあぐねていた。

ありがとう、助かった、庇《かば》ってくれたの？　どれも違う。自惚《うぬぼ》れたくない。吉木に話しかけることは、返ってくる言葉が想像つかなくて、怖い。

「ああいう奴ら見てると……殺したくなる」

ぽつりと低い声で彼が呟いた瞬間、ジャージに入れていたスマホが激しく震えた。

驚き思わず画面を見ると、帰宅部の万里からメッセージが滞りなく届いていた。

『SNS見たけど、大丈夫？』という内容の嵐に、私は頭の上にはてなマークを浮かべる。

万里から届いていたＵＲＬにアクセスすると、昨日の倉庫での会話が再生された。『東《ひがし》高校水泳部』とだけ補足されたその動画は、生徒に拡散されまくっていた。

私は、この動画をアップした犯人が誰なのかもうわかっていた。今目の前にいる、この冷血人間だ。

ねぇ、これ、と話しかける前に、吉木がこちらを振り向く。

音声が再生されているスマホを私から取りあげて、彼は呟いた。

「こんな奴ら、消えればいい」

その言葉を聞いた瞬間、吉木は私を守るためなんかじゃなく、ただの〝制裁〟のためにここにやってきたのだと理解した。その瞬間、少し背筋がぞっとした。でも、私はすぐに頭をふるって、吉木のスマホを彼のジャージから取りだし食い下がる。

「消してよ、これ、お願い」

「善人ぶってんじゃねぇよ。これであいつらの大学推薦はなくなったし、お前もいじめられたりしない」

「そんなのはどうでもいいんだって！」

思わず声を上げる私に、吉木はゆっくり視線を合わせてきた。

吉木が止めに入らなかったら、私はあの時、彼女達のつらい過去を覗《のぞ》き見して、心の傷を抉《えぐ》っていた。この力を悪用してしまうところだった。

私は、沙子を傷つけてしまった時、学んだはずじゃなかったの。この能力は、決して人のためにはならないのだと。

私がしようとしたことは、吉木がしたことより最低だ。だけど、私には、どうしてもこの投稿を知られたくない人がいる。

「沙子に、私がいじめられてるってばれたら、罪悪感抱くだろうから、やめて……」

「は……？」

もうこれ以上、自分の大切な人を傷つけたくない。

この能力が覚醒《かくせい》してから、ようやくちゃんと親友と言える人ができた。それが沙子と万里だった。能力のせいで私を気味悪がり離れていった友達の顔が、トラウマのように忘れられない。あの時の孤独はつらかった。

そんな私の友達になってくれた彼女達に、こんなしょうもないことで、気まずい思いをさせたくない。こんな、私が我慢すればどうにかなることで、失いたくない。

スマホを持って震えている私と、冷ややかな目でスマホを見下ろしている吉木との間に、冷たい空気が流れた。

しばし沈黙が続いて、彼が自分のスマホを私から取りあげ、サクサクと操作してから画面を私に見せた。

『投稿を削除しました』

表示を見て、私は思わず彼を泣きそうな顔で見あげてしまった。

「お前よくわかんねぇよ」

初めて、彼の表情が崩れた瞬間を見た。

何だよ、それ、そんなのこっちの台詞だよ。吉木のことなんか、ちっともわからない。何ひとつ掴めないよ。

吉木の長い前髪から、切れ長の一重の目が覗いている。真っ黒な瞳に、困惑した表情の私がいる。彼の真っ直ぐな髪の毛に、夕日が反射して一瞬目を細めた。

「私、吉木が怖い……」

思わず口から出た言葉に、吉木は一瞬眉を動かした。

私は吉木が考えていることのほんの一パーセントすら理解できていない。

「私のことがわからない」ということは、吉木にとって困ることなの？

少しでも私のことを知りたいと思ってくれたの？

彼に踏みこむなら今しかない。積もり積もっていた気持ちが溢れだして、あまりにも直球に口から言葉が出た。

「吉木は、どうしてそんなに私のことを嫌ってるの」

「理由なんか知ってどうすんだよ」

吉木は、私が投げたストレートな球を受け止めるでも避けるでもなく、そっと流れを変えるように往《い》なした。

わかりやすく不満げな顔で吉木を見つめていると、彼は「そんなに知りたいなら言ってやるよ」というように、私を少し睨んでから口を開く。

「人の弱みにつけこんで、善人ぶってるお前見てると吐き気がすんだよ。……人の心の内側に、勝手に入ろうとすんな」

……あれ、その言葉、最近どこかで聞いたばかりだ。沙子に丸っきり同じことを言われたばかりじゃないか。まさか彼にもそう思われていたなんて。だとしたらクラスの他の誰かもそんなふうに思っているんじゃないだろうか……。

まだ塞がっていない傷口に、ぐりぐりと塩を塗りたくられたような気分だった。

痛い。……とても、痛い。心なんて身体のどこにあるかなんてハッキリわかってないのに、ちゃんと痛みを感じるなんて不思議だ。

「……ごめんなさい」

何にごめんなさい？　善人ぶったことなのか、人のプライバシーに踏みこんだことなのか。よくわからないままにごめんなさいと口にしてしまった。

「それ、沙子にも一度言われて、治したいんだけど、でも……」

声が震えている。彼と目が合わせられない。自分には優しさなんかちっともなくて、今までただ上辺だけの優しさを無理やりつなぎあわせていたんじゃないだろうか。

心臓がバクバクと音を立てて、額に冷や汗がにじむ。沈黙が痛い。

見抜かないで。私の汚さをどうかこれ以上見抜かないで。

「でも、私、人の泣いた記憶がわかっちゃうから……」

焦りから口を突いて出てしまった言葉は、抜けるような空に消えていった。

その時の吉木がどんな表情をしていたかは、俯いていた私にはわからないことだった。

忘れられない傷

自分の能力が原因で引き起こされたあの日のことを思いだすと、今でも足もとがすくんでしまう。

それは、両親が離婚してから二年が経ち、そのまま地元の中学校に進学した時のことだった。

「ねぇ、あなたどこ小出身？」

地元の中学と言っても、学区内の色んな小学校出身の子が集まっており、初めて顔を合わす子が半分以上だった。

父が起こした事件や、この特殊能力のせいで小学校では浮いていた自分にとって、交友関係がリセットされることはかすかな希望でもあった。

屈託《くったく》のない笑顔で話しかけてきたその女の子の名は、久美《くみ》ちゃんと言う。前の席に座った彼女の髪はピンと揃ったストレートヘアで、腕にピンクのミサンガをつけていた。

いかにも快活《かいかつ》な印象で人気者のような彼女に話しかけられ、私は動揺して声が裏返ってしまった。

「わ、私は西小《にししょう》出身だよ」

「そうなんだ、私は東！　名前なんて言うの？」

「園田詩春……」

「詩春ちゃん、よろしくね」

眩しかった。なんの偏見もなしに私のことを見てくれる人がいるなんて。

でもきっと、いつか私の噂は彼女の耳にも入るだろう。

一時の交流かもしれないけれど、話しかけてもらえたことが久々すぎて、私は少し浮かれてしまった。

入学してから二か月が過ぎても、久美ちゃんは私に変わらず接してくれた。『両親の離婚がショックで虚言癖になった生徒』という私に関する噂が、小学校の頃は流れていたが、中学に上がってからは意外にもそれを理由にいじめられることは少なくなった。

皆自分の新しい生活にいっぱいいっぱいで、関心がなくなったせいだろうか。

私はそのことに安堵《あんど》しながらも、いつこの〝安心〟という蝋燭《ろうそく》の火が消えてしまうのか、息を潜めながら生活していた。

「詩春ちゃん、今日皆で一緒にカラオケ行かん？」

「え、いいの？」

「いいのって、何で」

久美ちゃんは、「変なの」と言って笑って、「行こう」と私の手を引っ張ってくれた。彼女の周りの空気はいつもキラキラしていて眩《まぶ》しかった。

ストレートパーマをかけた絹糸のように滑らかで真っ直ぐな髪の毛が、走るたびに揺れる。友達と何かを一緒に買い食いするのも、こうして放課後カラオケに行くのも初めてだった私は、戸惑いながらも期待に胸が膨らんでいた。

学校に自分の居場所ができるかもしれない。そんなこと、この二年想像したこともなかった。

「はいはい、何でも好きなの歌って」

「詩春いつも何歌うのー？」

久美のそばにいるだけで、こんなにも私を気にしてくれる人がいる。ありえない状況に、戸惑うばかりで言葉が追いつかない。

「私、aikaが好きで、よく聞いてる」

「まじ？　久美も超好き！　一緒に歌おう」

渡されたマイクを受けとると、素早いタッチで久美が曲を予約した。人前で歌うなんてしたことなかったから、私はパニックで一瞬頭の中が真っ白になったけれど、久美が楽しそうに歌いだしたので、私もそれに乗っかった。

「なんだ、大きい声出せんじゃん」

私が歌うと、久美はなぜか嬉しそうに笑ったんだ。何でそんなに楽しそうにしてくれるのかがわからなくて、胸がむず痒くなった。

久美には、嫌われたくない。そんなふうに思うようになっていった。

クラス替えの季節になっても、変わらず久美とは昼休みに集まってご飯を食べていた。変わったことと言えば、男女交えてグループを作って食べるようになったことだ。

久美といると、男子とも自然に話すことができた。

そんな時だ。突然クラスのリーダー格である女生徒の麗華《れいか》が、私達グループのことを目の敵にしてきたのは。

「久美、そんなのと話してたら、奇病移っちゃうよ？」

どうやら久美と彼女は小学生の時に同じバレー部だったらしく、そんな彼女が私とつるんでいることが気に食わなかったようだ。

のちにわかったことだが、この時一緒に食べていた男子の中に、麗華の想い人がいたこともあり、私の存在が余計気に食わなかったそうだ。

食事中に急に話しかけられた私は、そのまま硬直してしまった。久美たちは訝《いぶか》し気に表情を歪《ゆが》めたまま、彼女のことを見つめていた。

「西小の子に聞いた話だけど、こいつ、小学生の時、急に人の頭の上に数字が見えるとか言いだして、死神ってあだ名ついてたらしいよ？」

「何それ……、何でそれを今わざわざ言うわけ？」

久美が強気な口調でそう言ったが、彼女は全く動じずに話を続ける。

「友達選んだ方がいいよ。善人ぶってないでさ」

選んだ方がいいよ、と言う時に、麗華がじっと私に視線を送っていることに気づいた。

でも、怖くて顔を上げられない。皆がどんな顔をしているのかも、怖くて知りたくない。

離れていく足音を聞いて、恐る恐る顔を上げると、久美は探るような表情で問いかけてきた。

「もしかして、詩春っていじめられてたことあるの？」

どうしよう。答えたくない。恥ずかしくて顔に血がかあっと昇ってきた。こくんと静かに頷くと、久美は更に怒ったような表情をした。

「どうりで、たまに詩春が自信なさそうにしている理由がわかった。気にしなくていいよ、過去のことでしょ」

久美がそう言い放ったことによって、反応に困っていた他の友人も、口々に私を慰めてくれた。久美の影響力がどれだけ強いかが、明らかに見て取れた。

上辺だけかもしれないけれど、彼女の言葉に私は救われていた。もう過去のことなんだから。そうだよね、気にしすぎても仕方ないよね。そう自分に言い聞かせて、その日は学校をあとにした。

「詩春、今日はふたりでミスド行かない?」

「うん、いいよ」

「やった、約束ね」

あの日から数日経っても、久美は変わらず私に接してくれた。嬉しかった。彼女に嫌われることだけは、怖かったから。

どんなに大切な人でも、頭の数字が増えていても、もう軽率に話したりしない。私はそのことを肝に銘じて生きていた。

「金欠だからドーナツ二個しか買えないわ」

「はは、二個で十分でしょ」

ふたつのドーナツをトレイに乗せて、席に座ると、久美はすぐに嬉しそうにそれを頬張《ほおば》った。

私も同じようにドーナツを食べ、温かいコーヒーを飲んだところで、久美が言いだしづらそうに聞いてきた。

「あのさ、本当、答えたくなかったらいいんだけどさ」

「え、うん、どうしたの」

「この間麗華が言ってた、数字が見えるって、どういうことなの……?」

やっぱり、気になっていたんだ。あの時は大人な対応をしてくれた久美だけど、そうだよね、私だって久美の立場だったら聞かずにはいられない。友達だったらなおさらのこと。

私が言葉に詰まっていると、久美はごめんと言って手を激しく横に振った。

「ごめん、今の気にしないで。昔のことって言ったのに……」

「ううん、いいよ。大丈夫」

大丈夫、と言ったものの、馬鹿正直に自分の力を暴露《ばくろ》なんかしたら、さすがの久美も引くのは当然だ。あの時のことをどうやってはぐらかして伝えるか、私は考えあぐねていた。

「その、数字のことなんだけどさ、その時私、両親が離婚したばっかりで、不安で寝不足で、ちょっとおかしかったのかもしれないんだよね」

「そうだったんだ……」

「私もその時のことは、よく覚えてないんだけど……」

そこまで笑って話したが、久美は納得のいっていない表情をしていた。そりゃそうだ、こんなふわっとした回答を聞いて、納得いくわけがない。

砂糖の塗《まぶ》されたドーナツを口に運ぶ。ずっしりと重たいドーナツが、ゆっくりと喉を滑り落ちる。久美はそれ以上聞いていいのかどうか、戸惑ったような表情をしていた。

本当に私を心配して聞いてくれているんだ。そう思うと、適当に答えてしまうことが悪いように感じた。

「ごめん、いろいろ聞きだしちゃって。違う話しよ」

そう言って笑う久美の優しさに、私はつい胸を打たれてしまったんだ。だからつい、今まで話していなかったことを口にしてしまった。

「数字、見えるの、今も。信じてもらえないかもしれないけど……」

「え……？　見えるって……」

「その数字は、その人が泣いた回数を、表しているかもしれなくて……」

ずっと孤独だった私に初めてできた友達だ。全てを打ち明けて、私のことを受け入れてもらいたい。そんな想いが先走って、あとさき考えずにそのことを話してしまった。

久美は、信じられないという顔をして、丸い目で私のことをただただ見つめていた。

話さなきゃよかった。数秒後には、どうしようもないほどの後悔が押し寄せてきた。

「それって……私のも見えるの？」

「見えるけど、言っても答えが合ってるかなんて、久美にもわからな……」

「超能力的なやつってことだよね……」

今度は好奇心に満ちた瞳で、私のことを見つめてくる。こんなこと、誰にも信じてもらえないと思っていたから、意外な反応に私は驚きを隠せなかった。

「もしかして、泣いた理由とかもわかるの？」

「うん、その人の肌に直に触れるとね……」

「触れてみて、今」

「え、嫌だよそんな覗き見するなんてこと」

「大丈夫、超しょうもないことで泣いてるから」

意外にも信じやすい性格の久美の天真爛漫《てんしんらんまん》さに当てられて、私は渋々彼女の白い手首を握った。

すると、じわじわと瞼の裏側に彼女のすすり泣いている映像が浮かんできて、自分の眉間のしわが濃くなっていくのを感じた。こんなふうに読みとろうと思って読むのは久々のことだ。

泣いている久美の隣には、彼女の姉らしき人が鬼の形相で立っていた。理由まではうまく透視できなかったが、単なる姉妹喧嘩であることはわかった。

「最近、お姉ちゃんと喧嘩した……？」

「すごい！　お姉ちゃんがいることも言ってなかったのに」

間髪入れずに、久美がすごいと食い気味に褒《ほ》めてくる。完全に私の力を信じきっている。

本当のことしか話していないけれど、ここまで純粋に信じられると、なんだか少し怖くなってくる。

「こんな力を持った友達がいるなんて……」

「あの、久美、このことは……」

「分かってる。絶対内緒にするから」

「うん、ありがとう」

内緒にするから、と力強く私の手を握って、彼女は大きく頷いた。自分の秘密を初めて人に晒すことが、こんなに胸をざわつかせるなんて。

自分の秘密を教えることは、弱みを共有することなんだって、その時の私はよく理解していなかった。

久美が、その話題に触れてくることはその日が最後だった。秘密にする、という約束もしっかりと果たし、興味本位で私に聞いてはいけないことも感じとってくれたんだろう。

打ち明けたのが久美でよかったと、心から思っていた。

そんなある日。

「詩春、一緒にご飯食べよう」

「うん、今お弁当買ってくるね」

その日も、いつもどおりのメンバーでお弁当を食べる予定だった。私は売店に向かい、いつもどおりから揚げ弁当を買って、いつもどおり走って教室に戻っていった。

しかし教室に戻ると、そこには冷ややかな空気が流れていた。

「久美ちゃん、いじめられっ子と仲よくして好感度上げようとすんのやめようねー」

「……そんなこと、してないから」

麗華が、また久美に絡んでいる様子だった。すぐに助けに行きたかったが、話題が私の話題だったために、出るに出られない状況だった。

「小学校の時、私が女バレの先輩にいじめられてる時は、無視してたのにね。いい子ぶって先輩に媚びてさ。覚えてないの？」

久美の額には汗がうっすらと浮かんでいる。教室にいる生徒の視線は、全て彼女たちに集まり、しんと静まり返っている。

「今更罪滅ぼし？　笑える。それだけじゃねぇだろ、お前最後に私にしたこと忘れんなよ」

「もうかまわないでよ、私に……お願いだから」

久美がいじめを見過ごしていた？　そんなこと、絶対にありえない。気の強い麗華がいじめられていたことも、想像がつかない。でも、久美は否定せずに、ただただ歯を食いしばっている。

そんな過去、久美にあるはずがない。そう思ったけれど、久美の表情を見ていると嘘には思えない。

「過去の罪滅ぼしで仲よくしてもらってよかったね、詩春」

ドアの端に立っていた私を見て、麗華は笑う。久美は顔面蒼白となって、私のことを見つめた。

百歩譲って、もし本当に久美がいじめっ子だったのだとしたら、それももう過去の話だ。今あんなに苦しそうな顔をした彼女が、改心していないとは思えない。

たとえ、最初私に近づいた動機が過去の償《つぐな》いでも、私は久美といることが楽しかった。その事実は変わらない。

「過去のことだから、関係ないよ」

そう言うと、久美は一瞬泣きそうになって、俯いた。本心だった。久美がいつか私にくれた言葉を、私も同じように返した。

「知ってんの？　久美の小学生時代……」

「知りたくない。知らなくていい」

麗華にはっきりそう言うと、彼女はゆっくり私の元に近寄って、じっと私の顔を見つめてきた。それから、ぐっと私の手首を掴んで、鬼の様な表情でゆっくり口を開いた。

「邪魔、どいて」

握りしめられた手首から、衝撃的な映像が流れてきて、私はその場に固まってしまった。

そんな私を跳ねのけて、彼女は教室をあとにした。

流れてきた衝撃映像は、久美が麗華のいじめを『全く知らなかった』と証言し、麗華を泣かせている場面だった。お互いまだ小学生の頃だったのか、バレーのユニフォームを着ていて、久美は見たことのない暗い表情をしていた。

私がそれを読みとってしまったことを察知したのか、久美は瞳を同じように暗くしていた。もう終わりだ、と、彼女の表情が語っていた。


それから、久美は学校に来なくなった。まだ中学校生活も半《なか》ばだというのに、久美は不登校になってしまった。

久美がいなくなったことによって、私達グループもバラバラになり、私はひとりぼっちに戻った。

こんな変な力を持った私と仲よくしたから、久美はあんな仕打ちを受けた。私なんかと、一緒にいたから。

久美はきっと、変わろうとしていたんじゃないだろうか。

いじめられるつらさがわかっている私にとって、いじめを見過ごした人間は許しがたい。

だけど、久美は、きっとそんな自分から変わろうとしていたんだ。

それなのに、私といたせいで悪目立ちして、あんなことになるなんて。

悔しくて、悲しくて、言葉にならない。

久美に会いたい。その一心で、私は彼女の家に足を運んだ。

震える指でインターホンを鳴らすと、彼女の優しそうなお母さんが出た。

「あの、私、久美ちゃんの友達の園田です。久美ちゃんに会いたくて……」

「まあ、わざわざありがとう」

そう言うと、お母さんは久美自身に確認を取ってから、ドアを開けてくれた。

新築の家に入り、誘導されるがまま二階に上がると、一番端に久美の部屋があった。

「久美、入るよ……」

そう言ってノックをして開けると、そこには布団に包まったままの久美がいた。

「久美ちゃん、お友達来てくれたよ」

「うん……わかった。お母さんは出てって」

久美のその言葉に、お母さんは苦笑いしてから、「あんな様子でごめんね」と言って部屋を出ていった。

布団からもぞりと起きあがった久美は、もうあの時の輝きは放っていなかった。

「久美、久しぶり。会ってくれてありがとう」

「うん……、詩春元気だった？」

「うん、変わりないよ」

学校では常にひとりぼっちだけど、慣れっこだから大丈夫。そう言って笑うと、久美も笑い返してくれた。

部屋にはトロフィーがずらっと並んでいて、どれもバレーのジュニア大会で受賞したものだった。それくらい、真剣に取り組んでいたんだ。

「バレー、何で辞めちゃったの？　強かったんだね」

そう問いかけると、久美はベッドの上で切なそうに苦笑した。

「見えちゃったんでしょ。私が麗華のいじめ、見て見ぬふりしてたこと」

「……一瞬だったけど」

「言い訳がましいけど、あの頃は先輩の言うことが絶対だって、ほとんど洗脳されてた。生意気な麗華が悪いって、私もどこかで思ってたの。今は、本当に後悔してるし、先輩が間違ってたってわかる」

「そうだったんだ……」

「もう後悔しても、遅いけどね」

当然の仕打ちだよね、と言って、久美は肩を震わせだした。彼女が泣きそうになったので、私もつらくなって眉尻を下げた。

久美にこんな過去があったなんて、本当に知らなかった。

彼女はきっと、本当に償いのために私に話しかけて、自分のために仲よくなろうとしてくれたんだろう。

でも、その結果がこれだった。想像しうるなかで最悪の結末だ。

久美の紫色の唇が、わずかに震えている。

「ごめん、詩春、私、本当に最初は償うために声かけたの」

「うん……」

「本当は内心びくびくしてた。詩春と一緒にいたら、私もいじめられるんじゃないかって」

「うん……」

憶測《おくそく》じゃなくて、彼女の口から直接聞けてよかった。とてもとてもショックだけど、つらいのに、本当のことを話してくれることが救いだった。

けれど、正直に話したところで救われるような問題ではないのだと、すぐにわかった。

「私自身も、昔いじめられた過去があって……。バレー部では上手く先輩に気に入られて、今度は自分がいじめを黙認する側になって、保身して……、すごく意味のないことを繰り返してる」

「久美、そんなことは……」

「変わろうと思って、詩春と仲よくなって、そしたら今度は善人ぶるなって言われて……」

かたかたと、彼女の手が震えている。顔は青白く、もう本当に、あの明るかった少女の姿はなくなっていた。

それから、ぽつりと、涙を落とすかのように言葉を落とす。

「……きゃ、よかった……」

「久美……？」

「結局変われないのなら、あの時、詩春に、声をかけなきゃよかった……」

その言葉は、鋭くとがって胸に刺さって、強い痛みを残した。久美の口から出たという事実が受け入れられなくて、私はその場に崩れ落ちた。

「待って、そんなこと、言わないでよ……。私は久美と仲よくなれて、すごく嬉しかったのに……」

そう言うと、久美はベッドの上から手を伸ばし、私の手を無理やり取った。

触れた手首から、彼女が夜中に丸まって号泣している様子が流れこんできた。

痛い、痛い、痛い。胸が、つらくて悲しくて張り裂けそうだ。

大切な友人の泣き声を聞くことが、こんなにも苦しいなんて。

久美は、こんなにボロボロになるまで悩んでいたんだ。こんなに、ギリギリのところで毎日を過ごしているんだ。言葉にしなくても、ダイレクトに感情が伝わってきてしまう。

気持ちが同調して、暗闇に引きずりこまれてしまいそうになった。

私は慌てて彼女の手を振り払った。すると、彼女は諦めたような表情で笑ってから、ぽろっと涙を一粒こぼした。

「お互いのためにも、もう二度と、会わない方がいい。私がどんなにつらいか、わかるでしょう……?」

その言葉に、私は押し黙ることしかできなかった。走馬灯《そうまとう》のように、久美と過ごした思い出が、頭の中を駆け巡る。

たとえあの思い出が仮初《かりそ》めでも、私にとって初めての、楽しい学生生活だった。

「ごめん、詩春……。私は今、詩春を見るたびに自分のことが嫌いになっていくよ……」

「……うん」

「だからごめん、もう、一緒にはいられないよ……っ」

ひりひりと、火傷《やけど》をしたように胸が傷む。私の存在が、こんなにも彼女のことを苦しめた。熱湯をかけられるより、ずっと熱い。ずっとつらい。

泣いた理由が透けて見えても、なんの意味もない。助けることなんか、できない。自分が泣かせてしまったのなら、なおさらつらい。

こんな能力、今すぐ消してしまいたい。自分の存在と一緒に。

「ごめん、帰るね……」

震えた声で別れを告げ、よろめきながら立ちあがる。おそらく彼女と会うのは、今日が本当に最後だ。布団に包まりながら号泣している彼女を目に焼きつけた。

「ありがとう、一瞬でも、友達になってくれて……」

そう言った時、彼女の泣き声がより一層大きくなった。

こんな時も、涙は流せない。その分、胸の痛みが分散されずに直に伝わってくる。

大声を出して泣きたいよ。こんなにもつらいのに。

「久美……、ごめんね……」

「私もごめんね、詩春。信じてもらえるかわかんないけど、詩春といて楽しいことがあったのは、本当だよ……」

こくんとその言葉にうなずいて、私は静かに部屋を出た。

人の心の傷に触れることは、容易《たやす》くしていいことではない。触れていい傷と、そうではない傷があるのだ。

私は、完全に後者の傷に触れてしまったがゆえに、ひとりの人間を壊してしまった。

私は、この日のことを、永遠に忘れないだろう。

どこかで、久美が元気に暮らしていることを、切に願うことしかできなかった。

＊　＊　＊

久々に、嫌な夢を見てしまった。中学生の頃の記憶を思いだしたせいで、私は額に大量の汗をかいていた。

時計を見ると、まだ深夜の三時だ。私は一度起きあがり、汗をティッシュで拭きとる。

「怖い……」

誰かに能力のことを話したのなんて、本当にあの日以来だ。どうして私は、よりにもよってごまかしの利かない吉木に話してしまったんだろう。

あの日私は、もう二度と自分の秘密を晒して人に近づかないと決めたはずなのに。

ぶるぶると手が震えている。あんな過去があったにもかかわらず話してしまったということは、相当気が動転していたということだ。

吉木には、わからない。沙子と万里の存在が、あんな経験をした私にとってどんなに大切か。能力のせいで沙子を傷つけてしまったことが、自分にとってどれだけつらいことだったか……。自分の絶対的な秘密を漏らしてしまうほど、心がボロボロで隙だらけだったのだ。

「どうしよう……」

明日彼に会った時、どんな顔をすればいいだろうか。適当なはぐらかし方じゃ、絶対に通用しない。

過去に友達だったあの子のことを思いながら、私は逃げるように布団に包まった。

目を閉じると、あの日の久美の涙が、じんわりと瞼の裏に浮かびあがってきた。

……大切な人を、大切にしたい。

願いはたったそれだけなのに、どうして私は、そんなに簡単なことができないんだろう。

記憶の海

あれから三日過ぎていた。どうにか吉木と接点を作らないようにして逃げている私だけど、そんな悪あがきはもうすぐ限界がくることはわかっていた。

自室のベッドに膝を抱えて身体を縮《ちぢ》こませながら、どうしてあんな暴露をしてしまったのか私は激しく後悔していた。

馬鹿だ。嫌われている上に不思議キャラ設定を上乗せなんてしたら、吉木のことだから思い切り不審がっているに違いない。説明しても信じてもらえるわけがない。

何であの時、あんなに焦ってしまったんだろう。

どうしてこれ以上嫌われたくないと、思ってしまったんだろう。

「詩春ちゃん、入るよ」

布団の中で唸《うな》り声を上げていると、コンコンとノックする音が響き、私は跳ね起きた。そこには、心配した様子の文隆さんとお母さんがいた。

ふたりはベッドの下にしおらしく座りこむと、じっと私の顔を見つめてきた。

「詩春ちゃん、学校から電話がきて、部活でのこと知ったよ。気づかなくて悪かったね」

「詩春、お母さんもごめんね」

なんだ、そんなことか、と、つい口をついて出てしまいそうだった。

吉木が拡散したいじめ録音は県の教育委員会まで巻きこむ大ごとになり、先輩達は自宅謹慎を命じられたそうだ。

顧問も厳重注意を受け、かなり肩身の狭そうな顔をして過ごしている。クラスの子にも情報が入ってしまったため、私は今腫れ物に触るような扱いを受けている。

「部活、辞めていいからね。逃げられることからは逃げなさい」

最近お父さんになったばかりの文隆さんは、神妙《しんみょう》な面持ちで私の手を握ってきた。

こんなことをされてまで逃げてない理由を、この人は知らない。沙子という名前さえ知らないのだ。そう思うと、心のどこかがすうっとうすら寒くなっていく。

「……ありがとう」

自分でも驚くくらい乾いた〝ありがとう〟が、目の前にいるふたりの顔を信じられないほど和らげた。

「言いにくいだろうから、私から顧問の先生に辞めるって言ってあげるわ」

「辞めないよ、大丈夫だから」

きっぱりと言いきると、両親は戸惑ったような視線を私に送ってきた。

だってここで辞めたら、本当の本当にかわいそうな子になってしまうじゃないか。ただでさえ大ごとにされて困ってるというのに。

私はただ、泳ぎたいだけなのに。沙子に罪悪感を抱かせたくないだけなのに。

「大丈夫、先輩もあと少しで引退だし」

「詩春、あんた何でそんな強い子に育って……」

忍耐強い娘に育ったと勘違いをした母が、私をそっと優しく抱きしめてきた。

すごく居心地の悪い布団に包まっているような気持ちになった。

騙《だま》しているわけじゃないけど、いい子と言われるたびに、本当の気持ちを話すことがいつも少し億劫《おっくう》になってしまうんだ。

「あの人に似ないで本当によかった」

必ず言うだろうと思った台詞を吐き捨てるように言い放たれた。

〝あの人〟とは、私の実父のことを指しているに違いない。私は表情を見られないように母の肩に顔を埋める。

どんな顔をしたらいいか、わからなかったからだ。

「詩春は、思いやりのある優しい子に育ったね」

まるで呪いの言葉のように、それは私の肩や首の後ろに重くのしかかった。

泳ぐことにハマった理由は、本当の父親がよく海に連れていってくれたからだった。

海水はしょっぱく、鼻や目に入ると尋常じゃなく痛いし、クラゲに刺されたこともあった。

それでも、体が重さを失って、水の中にふわふわとただ浮く瞬間は、何にも代えがたい快感だ。

ただ浮いていることが好きだった私は、あまり泳ぎは速くなれなかったけど、そんなことは競争心の薄い私にとってどうでもよかった。

それを沙子に話した時、彼女は『詩春らしい』と言って笑っていたっけ。


「二時間利用でお願いします」

私は学校帰りに市民プールの受付を終わらせ、スクール水着に着替えていた。新しい顧問の先生が見つかるまで活動は中止なので、こうしてひとりでやってきたのだ。

ストレッチを軽くすませ、静かに水に足をつける。

足首から全身に冷たさが伝わってくるが、胸もとまで浸かるとだんだんと水が肌に馴染んでいく。

心拍数が整ったところで、頭を後方に下げ、目を閉じゆっくりと全身の力を抜いていく。自分は今、海の中を漂うただのぺらぺらのチラシ。そんなふうに思うと、不思議と心がリラックスしていくのを感じるのだ。

今日は雨のせいか、私ひとりしかいない。泳ぎ放題の水の上で、私は呪いの言葉を水に溶かしだしてしまおう。

「お前、全然泳いでないじゃん。寝てるみたい」

突然、瞼を閉じた瞬間に降ってきた言葉に目を見開くと、そこには制服姿の吉木がいた。突然のことに驚き思わず体勢を崩すと、私はたちまち水の中に沈んでしまった。水の中で歪んで見えた吉木は、ちっとも慌てている様子ではなかった。

私は勢いよく水面に顔を出し、呼吸を整える。そんな私を見据《みす》えて、吉木は「やっと捕まえた」とふてぶてしい顔で言ってのけた。

「この前の話、聞かせろよ」

「な、何でここにいるの」

「岡崎《おかざき》万里に、ここによくいること聞いたんだよ。ここまで追い詰めないと、この前のあれの続き、話さないだろお前」

逃げられない、のだろうか。さっき水中で慌てた拍子に取れた帽子がぷかぷかと水面に浮いている。顔に張りついた髪も退《の》けずに、私はじっと吉木の目を見つめた。嘘は通用しないことはわかっていたので、私は半ばヤケになって事実を語った。

「そのままの、意味だよ……。泣いた回数とか、触れるとどうして泣いたのかわかるの。映像が浮かんできて」

自分でも言葉にすると嘘くさくて笑えてしまうような、信じられない能力だ。

同じような能力を持った人がいないか、ネットでたくさん調べたけれど、そんな事例はひとつも出てこなかった。

誰も信じてくれるはずがない。そう思っていたし、久美との過去もあるから、二度と誰にも教えていなかったのに、どうして私はあの時するっと言葉にしてしまったんだろう。今更後悔しても、もう遅い。彼がどんな反応を示すのか、怖くて目が見られない。

「俺の頭の上には、何が見える」

ゆっくりとした声に顔を上げて彼の頭上を見つめる。

変わらぬ数字が、そこに浮かんでいる。

「いち」

そう言うと、彼は一瞬何か納得したような顔を見せて、深く息を吐いた。

「だからあんなに、バカみたいに人のこと心配してたのか」

「え、信じてくれるの……」

思わず驚き声を上げると、「なんて顔してんだよ」と言って、吉木はぱしゃっと私の顔に水をかけてきた。私は今一体、どんな顔をしていたんだろう。

「信じるしかねえだろ、当たってるんだから」

ぶっきらぼうにそう言って彼は立ちあがると、近くにあったベンチに座った。私も水から這いあがり、プールサイドに座る。

体をひねって後方の吉木を見ると、彼は顔を手で覆って俯いていた。

「……で、お前は、人の涙の回数が増えるたびに心配して声かけてんのか」

「仲のいい友達だけだよ」

「へぇ、優しいんだ」

思いきり棒読みで、ヤサシインダ、と言われたことがなんだか無性に腹が立って、私は吉木に向かって水をかけた。ベンチまでは少し距離があったのでダイレクトにはかからなかったが、吉木の白シャツは水飛沫《みずしぶき》で濡れ、水玉模様ができていた。

まずい。怒られる。思わず衝動的にやってしまった行為を私はすぐに反省したが、謝罪以外の言葉が口を突いて出てしまった。

「……思ってもないこと、言わないで」

優しいなんて思ってないくせに。現に私は優しくなんかない。

同情するふりして、実は好奇心で聞きだしている時もあったかもしれない。そんな自分が、私だって大嫌いだよ。

「じゃあ、本当に思ってること言ってやるよ」

水に濡れた吉木は、一瞬ゾクッとするほど色気がある。ベンチから離れ近づいてくる彼に、私は思わず息を呑んだ。一体何を言われるのか、想像がつかないから、彼は怖い。

「俺、お前に同情されるのなんか死んでも嫌だから、俺に触るなよ、絶対」

……まただ。また、明らかに敵意剥《む》き出しの瞳で私を睨んでいる。この目を、私はきっと一生忘れないんじゃないだろうか。なぜか負けたくない気持ちになって、低い声で言い返す。

「たとえ自分が崖っぷちで落ちそうになっても、吉木の手は取らずにそのまま海の塵になるから安心してよ」

まさか自分の口からこんなに強気な言葉が出てくるなんて、思いもしなかった。吉木は一瞬だけ眉を動かしたが、すぐに無表情に戻った。至近距離で睨みあったまま、私たちは沈黙した。

……あ、吉木の目って、本当に奥の奥まで完全に黒なんだ。

このまま覗いていたら吸いこまれてしまいそう。

あれ、この感覚、いつかどこかで体験した気がするような……。

いつのことか思いだそうとしたその時、またあのキンとした痛みが頭に走り、私は思わず目を閉じた。そんな私に追い打ちをかけるように、吉木は口を開く。

「ここまで近づいても、ムカつくこと言っても、お前は俺を思いだせないんだな」

「え、どういうこと……」

「もしお前が俺を思いだしたら、お前の目の前から消えてやる」

思いだしたらって、何それ。私達は、過去に出会ったことがある？　そんなわけない。こんなに私を嫌っている人がいたら忘れるはずはない。でも、私の記憶の中には自分でも触れられない部分がある。もしそこに、彼が関係しているとしたら——。

「俺に消えてほしかったら、思いだしてみろよ」

耳元でそう囁いた吉木の前髪についていた雫《しずく》が、毛先からぽたりと私の肩に落ちた。消えてほしいとまで思ったことはないのに、話を勝手に進めないでほしい。

「私に、思いだしてほしいの？」

そう聞こうとしたのに、彼はすっと立ちあがってプールサイドから去っていってしまった。

あのキンとした痛みの中に、彼は存在しているのだろうか。もしそうだとしたら、私もその記憶に触れて、思いだしたい。

なぜなら、この能力が身についたのは、十一歳だった〝あの日〟がきっかけだったから。

私を見て

私を信じると言った吉木の声が、なぜか心のバランスが崩れそうになった時、ふと蘇るようになった。

信じるしかないだろ、というぶっきらぼうな言葉なのに、死ぬまで隠し通そうと思っていた能力がバレた相手が、彼でよかったとどこかで思っているのかもしれない。本当にどうかしている。

彼が怖いのに、しかもちっとも優しくされているわけでもないのに、私はどうしても吉木の言葉に弱い。

彼が何かを言うたびに、私のでこぼこした歪《いびつ》な心は、ぐわんぐわんと音をたて激しく揺れるのだ。

「詩春と万里、今度の三連休の土曜日あいてる?」

部活動停止の騒ぎも落ちついた頃、宗方くんが唐突に明るく問いかけてきた。ちょうど今から昼休みで、私達は購買に向かおうとしていたけれど、何やら男子同士で盛りあがっているところに呼び止められてしまった。私は人気のコロッケパンが売りきれないか気が気じゃなかったけれど、万里がすぐにその群れに入ってしまったので仕方なく足を止めた。

「何何、どっか遊び行くのー？」

「俺の兄貴がキャンプ好きでさ、今度大山《おおやま》のキャンプ場行くんだけどよかったら万里達も泊まりで行かねえ？」

「えー！　泊まり⁉　何それ楽しそう」

「兄貴が車も出すし、近場だからさ。あ、でも、ちゃんと親の許可は取ってよ？」

サッカー部の群れの中にいる吉木と、ばちっと目が合った。もしかして、彼も行くのだろうか。いやでも、なんとなく集団行動は嫌いそうな人だから、断ったのかな……わからない。キャンプなんかそっちのけで、まず『吉木は行くのか、行かないのか』が気になってしまった自分に少し嫌気が差した。能力を知られてから、変に意識しすぎだ、と私は首を一度強く振った。

「詩春は？　来るよね？」

丸くて大きな目を私に向けて、宗方くんがニコッと笑う。

うちの親はたぶん反対する。それと戦うことも面倒だから、私はやんわりと断ることに決めた。

「いや、私は親がうるさくてさ……泊まりは厳しいと思う」

「日帰り組もウェルカムだから、おいでよ」

「えー、詩春が来ないなら私も行けない！」

万里の言い分はよくわからなかったが、「詩春が行くなら行く」という責任のなすりつけ方をされたことだけは理解できた。

楽しそうだし、アウトドアは好きだけど、本当に日帰りでも参加していいのだろうか。果たして親は男女混合でのキャンプに納得してくれるのだろうか。余計なことを考えすぎて言葉に詰まっていると、群れの中から低い声が響いた。

「うじうじ迷ってんなら来ればいいだろ」

それは、私の能力を唯一知っているクラスメイトの声だった。

「お前何でそういう言い方しかできないんだよ」

宗方くんが私の代わりに怒ってくれたが、吉木の言葉に私は見事にカチンときてしまっていた。

勢いに任せて、「迷ってないよ、行きたいよ」と答えると、宗方くんと万里が期待した顔で私を見てきた。しまった。なんだか乗せられてしまったような気がする。けれど、ふたりのキラキラした顔を見たら、さすがに断れるような空気ではないことを察した。

「親に聞いてみる。大丈夫だったら、行きたい」

そう返すと、宗方くんはいいね！と言って太陽みたいに笑ってくれた。

そんな彼に手を振って、私と万里は購買へと向かった。

能力のせいで、クラスと馴染めていなかった中学時代ではありえなかったイベントに、多少強引ではあるが参加することになった。行くと決めたら、少しだけワクワクしている自分がいた。

吉木と一緒、という点だけは引っかかるけれど。

＊＊＊

最寄駅で立っていると、黒いミニバンから顔を出した私服姿の宗方くんが手を振っていた。

私はリュックサックについたロックバンドのキーホルダーを揺らしながら、走って彼の元へ向かう。

「おはよ、詩春。結局泊まりOKになってよかったな」

「うん、言ってみるもんだね。部活のこともあったし、いい気分転換になると思ったのかな」

パーカー姿の宗方くんは、車から降りて私の荷物を後ろに積んでくれた。車にはすでに万里とサッカー部の男子である長谷川《はせがわ》と、吉木が乗っていて、女子は結局私達だけだと昨夜聞かされた。

車に乗りこむと、私は運転席にいる宗方くんの兄に向かって頭を下げる。

「お迎えありがとうございます、今日はよろしくお願いします」

「はーい、よろしく。シートベルトちゃんと締めてね」

宗方くんのお兄ちゃんの顔はミラー越しにしか見えなかったけれど、明るい茶髪で雰囲気は少し派手ながらも顔立ちは宗方くんにそっくりだった。ちょうど今二十歳で、美容師の専門学校に通っているらしい。

「宗方兄の充《みつる》さん、イケメンだよね」

隣の席の万里がボソッと耳打ちしてきたので、私はうんと首を縦に振って笑うと、お調子者キャラでスポーツ刈りの長谷川が、俺の方がイケメンだろと、背中を叩いてきた。

そんなくだらない会話をしているうちに、車は高速に乗りどんどん山奥へと向かい、秋色に染まった大山が近づいてくる。

吉木は朝が苦手なのか、ずっと車の中で眠っていた。

車から降りると、スーッとした爽《さわ》やかで少し冷たい風が胸の中に入ってきた。空気が美味しい、という感覚を初めて抱いたことに、私は少し感動していた。

ずっと眠っていた吉木は、冷たい風に当たって眠気を飛ばそうとしているのか、私と同じように深く呼吸をした。

「吉木が参加するなんて、珍しいね。こういうの、ノリ悪そうなのに」

万里が吉木に向かってそう言い放つと、彼は小さく「山好きなんだよね」と呟いて、車から大きい荷物を下ろし始めた。

山が好きって、意外だ。

桜も紅葉も興味のなさそうな性格をしているのに、意外と自然が好きなんだろうか。吉木の好きなものを初めて知った気がする。

温かそうな黒いマウンテンパーカーのチャックを口もとまで上げて、彼は荷物を担《かつ》いで宗方兄と一緒に先陣を切っていった。

今日泊まるバンガローは、大きなロフトつきの立派な建物だった。すぐに暖房をつけてから、身につけていた重い荷物を下ろし、一箇所に固める。全て木材で作られているため、木のいい香りが辺りに漂っていた。

一番はしゃいでいるのは予想どおり長谷川で、大きな長机の周りにさっそく座布団を広げてごろんと寝転がった。

「最高、超気持ちいい」

「お前、スーパーで買った食材とかまだ整理してねえんだから、寝るなよ」

宗方くんが長谷川の横腹を蹴っ飛ばしたけれど、彼は当分動きそうにない。

私たちは長谷川を放置してスーパーで買い占めたジュースとお酒を冷蔵庫の中にしまった。

あっという間に冷蔵庫はいっぱいになり、今日の夕飯で作るバーベキューの食材はお肉だけ冷蔵庫に入れた。

「兄貴、そういや兄貴の友達来るって言ってたけど、何人来んの？」

宗方くんの質問に、充さんが答える。

「あー、現地集合ってことにしてるんだけど、友達の友達も来るから、俺も知らない奴いるみたいなんだよね」

「なんだよ、本当いつも適当だなー。食材足りんの？」

宗方くんが呆れたようにため息をついた時、ちょうどタイミングよくバンガローのドアが開いた。そこには、大量のお酒を持った宗方兄の友人達がいた。

「充、お前スマホ確認しろよ、部屋迷ったたっつーの」

「ああ、悪ぃ、ちょうど荷物運んでて気づかなかった」

明らかに私達よりずっと垢抜けた男女三人が入ってきて、私は少し緊張してしまった。万里はイケメンを見つけたのか目を輝かせている。人見知りを発揮して黙りこんでいると、宗方くんが、何緊張してんの、と言って笑った。

万里がイケメンと騒いでいる金髪マッシュヘアの男性が、こっちを見て挨拶をしてくれた。

「はじめまして。充と同じ専門で、メイク専攻の悟《さとる》です。美味い肉が食えるって聞いたから、同じクラスの女子二人について来ました」

その悟さんという人は、にっこりと私達に微笑みかけた。なぜかバチッと目が合ってしまったので、私は軽く会釈《えしゃく》をした。さすが美容専門学校の生徒なだけあっておしゃれだ。

悟さんは高そうなアウターを脱いで、長い前髪を横に流した。髪から覗く瞳は、狐のように鋭く吊りあがっているけれど、とても優しい笑顔を持っている人だ。

一緒にやってきた女性ふたりは、肩出しニットやショーパン姿でセクシーな格好をしていた。

長谷川は完全にそのお姉さん方にメロメロで、早速元気よく絡んでいた。四つほどしか年は違わないのに、この年代の四つ差はとても大きいと実感してしまう。

キッチンの近くで少し茫然としてしまった私を、吉木が「邪魔」と言って押しのけて勝手につまみ食いをした。

「あ、ちょっと、それデザートのりんご」

「腹減ったんだから仕方ねぇだろ」

「何で吉木っていつもそう堂々としてるの……」

引きつった顔でそうツッコむと、吉木は一口サイズに切ったりんごを急に私の前に突きだして、口に押し当てた。

思わず条件反射的にそれを口の中に入れてしまうと、吉木は無表情のまま、「共犯」とだけ呟いて少し口角を上げる。

「吉木のその掴めない性格って、親譲りなの」

掴み所のない彼の家庭環境が純粋に気になり、私はりんごを口に含みながら質問した。すると、吉木はさらっと知らなかった事実を言ってのけた。

「さあな。俺の親再婚してるし、両親とは滅多《めった》に会話しないから」

「え、そうだったんだ……」

親とは会話しない彼の様子が、容易に想像がつくなんて言ったら怒るだろうか。

確かに吉木は、私たちの前で一度も家族の話をしたことはなかった。

私の知らない吉木の影がふと現れ、私は一瞬、家の中で孤立している彼を思い浮かべた。

彼は一体、誰の前だったら自分の素顔を見せてくれるのだろう。


「ねぇ、この中の誰かと付きあったりしてるの？」

食事を終えて、ベランダを出てすぐそばにあるバーベキューセットの火で温まっていると、隣にそっと充さんの友人であるお姉さん・満里奈《まりな》さんが座ってきた。

真っ暗な夜空の下、燃えあがる赤い炎が満里奈さんの白い肌を照らしている。私は急な質問に驚きながらも、いいえと首を横に振った。

「そうなんだ、いいなって思ってる子はいないの？」

「いえ、そういう視点では……」

「なあんだ、つまんないのー。さっきりんご食べさせてくれてた男の子は？」

見られていたのか。私は少し恥ずかしくなりながらも、そういうのではないとまた首を振った。

「吉木は私のことが嫌いですから」

「何それ、そう言われたの？」

「はい、言われました」

「ええ、意味わかんないね」

お姉さんは私の言葉に眉根を寄せて、理解できないという顔をした。私もよくわからない。

私のことが嫌いなはずなのに、どうして彼はキャンプに誘ってくれたんだろう。

「本当に嫌いな人に嫌いって言える人って、いんのかなこの世に」

「あの人は言えるタイプの人間ですよ。満里奈さんが今思ってる、ツンデレとか気持ちの裏返しとか、そういう感じではないです」

「はは、意外と達観《たっかん》してて面白いね、詩春ちゃん」

満里奈さんはケラケラと笑ってから、缶チューハイをぐびっと飲み干す。缶チューハイを持つ指がとても長くて細くて綺麗で、爪先に光るパールに思わず見惚れた。

二十歳って、指先まで大人なんだ。自分の丸い爪が、なんだか少し恥ずかしくなってくる。

「あの子、好きになったら苦労しそうだね」

「え、あの子って……吉木ですか？」

「何考えてるかわかんないって言われて、振られるタイプの男だね」

「何を考えているか……」

吉木が何を考えているかなんて、きっと誰もわからない。

本当は、もっと吉木自身に問いただしてみたいことが山ほどあるけれど。

「ガールズトークしてんの？　混ぜて混ぜて」

するとそこに、充さんが割って入ってきた。

「酒臭っ、充あんた弱いのにもう飲んだの？　やめてよもう」

「冷たいな相変わらずー」

「バカ、あっちいけ」

充さんはすでに顔を赤くしていて、充さんの友人達も出来上がっているようだった。お姉さんは泥酔した充さんが面倒だったのか、彼を寝かしつけにロフトへと向かった。

長谷川も宗方くんも好きなロックバンドの音楽を爆音で聴きながら、異様にテンションが上がっている。

ふと万里が心配になったので、一度部屋の中に入ると、もうひとりのお姉さんと真剣に恋話をして号泣していた。きっと最近別れた彼氏のことを思いだしてしまったんだろう。

「ちょっと吉木、コンビニでお茶買ってきてよ、飲み足りないわ」

万里の突然のお願いに、吉木は思い切り不機嫌になる。

「何でお前お茶で酔えるんだよ。自分で行けよ」

「万里、私が行くよ」

吉木にまで絡み始めた万里を見て、思わずヒヤッとしてしまった私は反射的に私が行くと言ってしまった。

吉木はそんな私をじろりと見て、目で「こいつを甘やかすな」と訴えてきた。でも、こんなに酔いが回っている人もいる中で、ソフトドリンクがない状態は危険だし、私もついでに夜風に当たりたい気持ちだった。

「俺が一緒に行くよ」

コートを着て隣に現れたのは、充さんの友人の中では一番年が近い悟さんだった。

悟さんは、私の上着もハンガーから取って渡してくれた。突然のことに戸惑いながらも、私は悟さんのスムーズな対応に流されて、バンガローから出る。

吉木は変わらぬ目つきで私を睨んでいた気がするけど、何も言ってこなかった。

夜風は、思ったよりずっと冷たかった。車に乗せていくよと言うので、言われたとおり少し離れた駐車場まで悟さんのあとをついていく。

煌々《こうこう》と輝く月の光と、途中にあるわずかな街灯と、スマホの光だけを頼りに真っ暗な道を歩く。

悟さんとは先ほどまで全く話していなかったので、私は少し緊張していた。

「詩春ちゃんって名前、かわいいよね」

「え、覚えててくれたんですか」

「逆に俺の名前は覚えてる？」

「悟さん」

彼の名前を呼ぶと、彼は柔らかく笑って、「はい」と返事をしてみせた。悟さんの金色の髪の毛が月に照らされて、白く光っている。透けるようなその髪を見ていると、悟さんがふと立ち止まって私を見つめてきた。

「今から俺の質問に答えてくれる？」

「え、質問ですか」

「付きあったこととかあるの？」

「な、ないです」

唐突な質問に戸惑っていると、悟さんは細い目を更に細めた。いつの間にか距離が縮まっていたことに驚き、思わずガードレールにつくほどのけ反ると、悟さんは私の腕をそっと掴んだ。その瞬間、背筋を何か冷たいものが駆け巡った。

「そうなんだ。付きあったことないんだ」

なぜそこで笑うのか、私には理解ができなかった。ただただ、悟さんの優しい笑顔がどんどん不気味に思えてきて、私は言葉を失う。

黒のロングコートが、だんだんと視界に広がってくる。

「もうひとりの子は、もう色んな男と付きあってそうだったよね」

手首を掴まれた途端、嫌でも彼が直近で泣いた映像が流れてきてしまった。

流れてきた映像は、悟さんが気の強そうな彼女に振られて泣いている映像だった。

一瞬だったので聞きとれなかったけど、去り際にその彼女に吐かれた言葉で身を震わせている彼がいた。

「付きあうなら、君みたいに優しくて真っさらで純粋な子がいい……」

「悟さん、手首痛いです」

女性関係で何かトラウマがあるのだろうか。わからない。手首から伝わる彼の熱が気持ち悪い。怖い。助けて。

「こ、怖いです、離してください」

ちゃんと声にしたはずなのに、声になっていなかった。

口を金魚のようにパクパクさせるだけで、悟さんには届いていない。こういう時って、本当に声が出ないいんだ。

「ねぇ、俺が怖い？」

その問いかけにこくこくと頷いた瞬間、光がパッと私たちを包みこんだ。

咄嗟《とっさ》に私から離れた悟さんは、その光源を見つめる。そこには、相変わらず目つきの悪い吉木が懐中電灯を持って立っていた。

「俺も、ついてっていいですか、コンビニ」

何を言うのかと思えば、そんなことをやたら強気な口調で言ってのけた。

悟さんは、少しも表情を崩さずに、「いいよ」と答える。

さっきまで私に迫っていたことなんか、最初からなかったことにするように、悟さんは笑った。

その笑顔をゾッとしたように見つめていると、吉木が私と悟さんの間に割って入ってきた。

私とふと目が合うと、彼は口パクで「バーカ」と暴言を吐く。

どうしてだ。彼を見た瞬間、心の底から安堵してしまっているのは、なぜだ。

罵《ののし》られたはずなのに、私はどうしようもなく、泣きたい気持ちに駆られたのだ。

どうして、嫌いな人間でも助けてくれるの。

ねぇ、私のことが嫌いなんでしょう、君は。

こんなふうに助けられてしまったとき、どうすればいいのかわからない。わからないけど、今は目の前にあるこの状況をどうにかしなきゃいけない。

吉木が来て、急に恐怖心が消えた私は、吉木の背中越しから、悟さんを睨みつけた。悟さんは何も言わずに私から離れて、駐車場へ向かって歩いていった。

吉木の背中を黙って見つめていると、急に彼が振り返って、私の顔をじっと覗きこんできた。

「どうして助けてくれたの？って顔してる」

吉木の端正なつくりの顔が、目の前にある。その目はいつもどおり暗く沈んでいて、感情がまったく読みとれない。

「意外と単純なんだな。こんなことくらいで俺に対してのガード緩めて」

「単純って……。助けてもらったのは事実だから」

「別にお前じゃなくても助けたし、迷惑だからそういう感情を俺に向けるな」

そう言って、吉木は私の瞳を射抜くように睨みつけてきた。

どうしてこの人は、私との距離を一ミリも縮めないように、言葉で突き放してくるんだろう。

行動と言葉が伴っていない。この人に助けられたのは、もう二回目だ。

そのたびに、なぜ私はこんなに傷つかなければならないのだろう。嫌いなら放っとけばいいし、勘違いされたくないのなら無視をすればいいのに。

考えれば考えるほど彼がわからなくて、表現しようのない怒りがふつふつと湧いてくる。

「何でそんな、強い言葉ばっかり使うの」

少し低い声で話しだした私に、吉木は一瞬眉をピクッと動かす。白い息が頬の横を通り過ぎて、山の冷えた空気が私の手を震わせる。

「私はいつも、傷ついてるよ。吉木の言葉全部に」

どうでもいい人間になら、何を言われたってかまわない。

でももう、秘密を知られたあの日から、吉木はそんなカテゴリにおける人じゃなくなってしまった。

「吉木が思う以上に、私は吉木の言葉を真に受けてるよ。真に受けて真に受けて、その一言に、こっちがどれだけ振り回されてるかわかってんの」

積もり積もった苛立ちが、自分の口から想像以上に大きい声で溢れてしまった。こっちはこんなに掻き乱されているんだから、同じように掻き乱してやりたいという気持ちが先行して、言うつもりもなかった言葉が出てきてしまった。

恐る恐る顔を上げると、彼は変わらぬ無表情で私を見つめていた。

「お前は、そうやって言葉にできる人間なんだな」

「え……」

「傷ついてるって、傷つけた人に言える人間は、強ぇよ。どこでも生きていける」

吉木は、自分に言い聞かせるように呟いてから、短く鼻で笑った。傷ついてるって、面と向かって言えたのは、それは相手が吉木だからだよ。そうやって達観して、すぐ俯瞰《ふかん》で私を見ることをやめてよ。

ねぇ、一体どこを見てるの、吉木。

「吉木は、何を言っても叫んでも、すぐにそうやって私に何かを重ねて、私を見ないんだ」

その言葉に、今まで無表情だった吉木の目が一瞬揺れた。

そうだ、私は、彼にちゃんと私を見てもらっていないことが、嫌だったんだ。私の後ろにある影を見て話しているようで、嫌だったんだ。

「部屋、戻る」

自分の心に自分で触れた時、私はどうしたらいいのかますます整理がつかなくなってしまった。

ただ、動揺した彼の顔が頭から離れずに、変に心臓がばくばくと動いている理由もわからずに、ひたすらに坂を登った。

私を見て、と懇願してしまったようなものだ。

おかしな話だ。私はもうすでに、彼に嫌われているというのに。

第二章

誰かが涙を流しているところを見るのはつらい。その人が自分にとって大切な人だったら、なおさら悲しい。何かしてあげなきゃと思うけど、話を聞く以外に私は何かできた試しがない。

こんな私に、神様はどうしてこんな力を与えたのだろうか。

能力と引き換えに涙を奪われた私が、人の痛みをわかるわけがないのだ。

それは、一度しか泣いたことのないあの人も一緒で、私と吉木は、人の痛みに鈍いのかもしれない。

本心

色々あったキャンプから一週間が過ぎた頃。

私はまた、嫌な夢を見ていた。何の夢を見ていたかはわからないが、胸に残ったもやっとした感覚と、額に浮かんだ汗で、相当うなされて起きたことを知った。

いつもより一時間も早く起きてしまった私は、二度寝する気分にもなれず、そのまま朝食も食べずに学校へと向かった。

誰もいない教室はがらんとしていて、朝練が早い野球部員の荷物だけ乱雑に机に置かれている。

教室の電気をつけずに、机に座ってうつ伏せると、窓から差しこむ光で頭の中が徐々に冴え渡っていくのを感じた。

「眩しい……」

先週のキャンプでは、本当に色んなことがあった。

吉木とも、どんなふうに顔を合わせたらいいのかわからない。

何であんなことを言ってしまったんだろう。

私は一体彼に、なにを求めているのだろうか。どうして私のことを見てほしいと思ってしまったのか。自分の気持ちに整理がつかない。

吉木と関わるようになってから、ずっと心が波立っている。

瞼をぎゅっと閉じたその時、ふと廊下から話し声が聞こえてきた。

「吉木の件は、事を荒立てない方向でいきましょう。成績優秀者ですし、生徒代表として挨拶もしてますから」

「そうだな、前にもこういうことがあったようだが。クラスに対しては、体調不良で休むことになったと伝えておくように」

ただごとじゃない声色の教師達の会話に、私は思わず硬直してしまった。自分の存在を消すように身体を縮ませ、呼吸を止める。

「暴行事件なんて、我が校で何年ぶりでしょうか……。吉木に後日確認を取りますが、受験のことをもっと意識させて改めさせます」

暴行事件。物騒な言葉が聞こえてきて、私は耳を疑う。そのまま息を潜めているうちに、教師達は廊下を通り過ぎていった。

その日、吉木は本当に学校にやってこなかった。何ごともなかったかのように、クラスの担任が『吉木は体調不良で休み』と伝えていた。何かをもみ消す瞬間を目の当たりにした私は、胸の中が一瞬で薄ら寒くなるのを感じた。

一体、彼に何があったんだろう。

私しか知らない事実を抱えたまま、吉木は一週間も学校を休んでやっと登校してきた。

「吉木、お前インフルだったんだって？　大丈夫かよ」

「ああ、大丈夫らしい」

「らしいってお前なあ……」

クラスの男子が吉木を心配して話しかけるが、吉木は虚ろな目をしたまま答えていた。かすかに、彼の口端が赤くなっているのを見て、暴行事件の文字が蘇りドキッとした。

本当なんだろうか。一体誰と、何があってそんなことになったんだろうか。でも、聞けるはずない。学校全体が吉木のその事件をもみ消そうとしているから。

キャンプ後に一度も話していなかった彼と、バチッと遠い距離で目が合ってしまった。すぐに目を逸らそうとしたが、吉木が何か言いたそうな目つきで私を見るので、暫く目が離せなくなってしまう。

キャンプで感情的になってしまったことを謝りたいのに、タイミングを逃したまま時間だけが過ぎていく。

吉木の頭の上にある数字は、相変わらず「一」のままで、なんの感情も読みとれない。

ここから程近いところにある烏ヶ山《からすがさん》で滑落《かつらく》した男性が、ヘリで救出されたというニュースが朝に流れた。

休日だというのに、外はあいにくの雨で、家の中の空気もどことなく悪かった。毎年、この秋と冬の間の時期、母のテンションはすこぶる低い。

無理もない。この時期に思いだしてしまう嫌なことが、きっとたくさんあるんだろう。母と父が別れたのは、ちょうどこんな雨の日で、薄いトレンチコートじゃ寒く、分厚いダッフルコートでは暑いような、そんな中途半端な気候だった。

外の空気よりよっぽど重く暗い雰囲気に耐えられなくなった私は、用もないのに財布と傘だけ持って家を出た。

コンクリートから顔を出す雑草に、惜しみなく雨が降り注いでいる。もう履き古したベージュのスニーカーに、雨が染みこんで冷たくなっていく。

防水スプレーを靴に振りかければよかったと、今更後悔した。

バスに乗ってどこかへ行ってしまおうか。近くのコンビニで何か買って、図書館のイートインスペースで時間を潰そうか。

こんな田舎じゃ、暇を潰すにも頭を使わなきゃいけない。

目的のないまま歩いていると、屋根のあるバス停に見知った姿の人が立っていた。

「吉木……？」

思わずその人の名前を呼ぶと、紺色のレインウェアを着た吉木が私を振り返った。

その表情は暗く、いつにも増して攻撃的な目をしている彼は、私を見て数秒停止していた。

「何、何でぃんの」

何でぃんのと言われても、そんなのこっちの台詞だよ。

高校からこんなに離れた場所にどうして彼がいるのか。口もとまで覆うタイプのウェアを着ているせいで、彼の表情がいつも以上に読みとれない。

椅子に置いてある大きなリュックを見て、彼がどこか遠くへ行こうとしていることだけはわかった。

「どこ、行くの？　そんな大荷物背負って」

「あそこ」

「え、あそこって、山しかないじゃん」

彼が指差した方向には、今朝ニュースで報道されていた烏ヶ山しかない。

首を傾げている私を無視して、吉木はスマホをいじり始めた。ちらっと見えたのは天気予報のサイトの画面で、彼が本気で今からあの山に登ろうとしていることを察した。

「え、本気で言ってるの？　今ニュースで大変なことになってるじゃん。危ないよ」

「関係ないだろお前には」

「私には関係ないけど、吉木と吉木の家族には関係あるでしょ。死んだらどうすんの」

そう言うと、吉木は口端だけ吊りあげて一瞬笑った。呆れるように。

「こっち来れば？　雨強まってる」

来れば？と優しさで言っているはずなのに、私はその冷たいオーラに当てられて、思わず一歩のけ反ってしまった。

……あ、駄目だ。今、この人、すこぶる機嫌が悪い。

そう察した私は、その場に思わず硬直した。そんな私を見ながら、吉木はもう一度低い声で「来いよ」と言う。

「……私、用事あるから。また」

「ふぅん、あっそう」

いくら何でも、今の彼の隣に行くほど馬鹿じゃない。

檻の中にいるライオンに手招きされているような気分だ。

まさか私を殴ったりはしないだろうけれど、今近づいたら色んな心の抉り方で私に八つあたりしてくることは目に見えていた。母との関係性の中で、私はこの力も悲しいことに身につけていた。

雨は確かに強まっている。

こんな天気で山に登ったら、怪我をするのは間違いない。でも、私は注意した。危ないよやめなよって、ちゃんと言ったから、彼に何かあっても私の責任じゃない。そう自分に言い聞かせながら、用もないコンビニへ足を運んだ。

信じられないくらい集中できない。立ち読みしている雑誌の文字が入ってこない。いくら私のことを嫌っているクラスメイトとはいえ、これで何かあったら後味が悪すぎる。

まったく興味のない雑誌を広げながら、ぐるぐると頭の中で吉木の姿を思い浮かべてしまう。

顔を上げると、ガラス越しに灰色の豪雨が斜めに降っているのがよくわかる。さすがに彼もこんな天気じゃ登らないだろう。

そんなふうにハラハラしていると、柄の悪い高校生が三人コンビニに入ってきた。

「お前まだ頬腫れてんの？　ださ」

「うるせぇよ、触んな」

「こいつ先週、優等生ばっかの東高の生徒からカツアゲしようとしたら、倍返しで殴られたらしいぜ」

「言うなって、うぜぇな」

突然自分の高校の名前が出てきたので、私は思わず聞き耳を立ててしまった。

先週、殴られた、というワードでどうしても頭の中に吉木の顔がよぎる。

「同中で元から気にくわなかったんだよ。人のこと見下しやがって。いつかぶん殴ってやろうと思ってたら、親が死んでから不登校になりやがって」

「ヨシキだっけ？　今度三人でボコりにいく？」

そこまで聞いて、この話は本当に私が知っている吉木の話だと確信する。

親が死んでから不登校になった……？　吉木にそんな過去があったなんて知らなかった。

勉強ができてスポーツもできて、何もしなくても宗方くんのような明るい友達が近寄ってきて。私とは全く違う景色を見てきた人だと思っていた。

「いや、いいわ……。だってアイツもう、いつ死んでもいいみたいな目してたから、殴りがいねぇわ」

「何それ、普通にやばい奴じゃん」

彼らの言葉に、さっきの吉木の様子を思いだしてみる。明らかに雰囲気が違った。

でも、落ちこんでるとか、死にたくなってるとか、そんな感じには受けとれなかった。頭の上の数字も増えていなかった。だから、だから……。

だから、何が大丈夫だって言うんだろう。

悲しい時に涙を流せる人とそうじゃない人がいて当然なのに。それは涙を失った私が一番わかっているはずなのに。数字から人の感情が測れるはずもないのに。

彼に何があったかは、知らなくてもいいことだ。

でも、あの時、気持ちだけでも聞いてあげればよかったのかもしれない。イライラしてんの？とか、機嫌悪そうだねとか、そんなかわいくない一言だけでも投げかければよかった。

外は息もできないような強い雨だ。もうバスに乗ってしまっただろうか。馬鹿だ。こんなに心配になるくらいなら最初から引き止めればよかった。

私は、何も買わずにコンビニを出て、頼りないビニール傘を差して、さっきのバス停へと向かった。

もうきっとバスは彼を山へ運んでしまった。そんなことわかりきっているのに、なぜか足は走っていた。

お願い、まだいて。何でそんなふうに思うんだろう。

彼が世界からいなくなったって、私はきっと泣けないのに。

「いない……」

五分ほど走ってたどりついたバス停には、当たり前だけど吉木の姿はなかった。

代わりに、あの大きなリュックだけが置かれていた。慌ててそれに近寄り中身を見ると、水や食料や酸素スプレーなど、登山に必要そうなものが入っている。もしかして、これを持たずに山に行ったのだろうか。

さっきの高校生が話していた『いつ死んでもいいみたいな目』という言葉がよぎり、私は思わず言葉を失う。

ベンチに座り、吉木に連絡が取れそうなものがないかリュックを漁ったが、何も出てこなかった。嫌な予感ばかりが胸をざわつかせる。

こんな能力を持っていても、私は無力だ。本当の意味で、人が弱っていることに気づけない。

『傷ついてるって、傷つけた人に言える人間は、強ぇよ。どこでも生きていける』と、あの日、吉木は力なく呟いていた。

それって、吉木自身のことだったのだろうか。それとも、彼の大切な人が、そんなふうに傷ついていたのに助けられなかったことがあるんだろうか。

あの時私は自分のことばかりで、吉木の言葉の真意を考えていなかった。

気づけない。どうして、人は誰かが弱っていることに気づけないの。どうせなら、言葉にしなくてもわかるようにしてよ。神様。

「お前も山登るわけ？」

ふと声が降りてきて、顔を上げるとそこにはスマホと傘だけ持った吉木が立っていた。彼は、驚き固まっている私をバス停の外から見ながら、淡々と話し始めた。

「バスなら来ねーよ。電車も豪雨で止まってるし」

「山、登らないの……？」

「登るわけないだろ。そもそも叔母に借りてた登山グッズ返しに行くだけの予定だったたし。交通網止まったから、電波いいところでタクシー会社に電話してたんだよ」

彼の冗談だったと知った私は、全身の力が抜けていくのと同時に、小さな怒りすら感じた。大雨の中走ってきた自分が恥ずかしい。

跳ね返った雨水が、スニーカーやパンツの裾《すそ》を濡らしている。

彼に、振り回されすぎている。吉木のことになると、どうしてこんなに感情が大きく左右してしまうのか、理由は何となくわかっていた。

たぶん、私達は似ている。

きっと私も君も、自分が背負っている過去の何かから逃げたくて、でも逃げられないんだろう。

「……帰る。傘開くから、吉木そこどいて。傘の水飛ぶよ」

低い声でそう言うと、吉木は傘を閉じて、バス停の屋根の下に入ってきた。レインウェアを着た彼に冷たく見下ろされているが、私は一歩も引かなかった。

「お前、バス、乗りに来たんじゃないわけ」

「徒歩で帰れるよ」

「じゃあ何で」

「心配したから、戻ってきたんだよ！」

そこまで言って初めて、吉木は一瞬目を見開いた。彼の動揺した顔なんて、きっと滅多に見られないだろう。

「これで吉木に何かあったら、さすがに後味悪いじゃん」

「なんだよ、それ……」

私の言葉に、彼は力なくつぶやく。

「吉木は、傷ついてるときに言葉にできない人に、見えるから……」

吉木は何も言わずに、私の濡れた足もとを見つめている。靴下もびしゃびしゃで気持ち悪い。

「……言葉が見つからなくて黙っていると、吉木が静かに口を開いた。

「……罪のように感じている、ことがあって、それが、この時期になると蘇るんだ」

「え……」

「それでずっと、むしゃくしゃしてた。ごめん」

まさか謝られるとは思っていなかったので、私はますます言葉が見つからなくなってしまった。

雨の降る音だけが私たちの間を流れている。

今、君は、どんなことを考えているの?

手に触れてその映像が見えるなら簡単だ。

苦しそうに、瞳の色を暗くしている吉木を見ていることしかできない。

私はいつか、近づけるのだろうか。この人の心に。

「……本当は、本気で登ろうと思ってた。今日」

本当の気持ちを話すことが、今の私に対する彼なりの誠意の見せ方だと思ったのだろうか。

その低い声で呟かれた言葉が、君の本心から剥がれ落ちたものなのだとしたら、私はそれを拾ってあげることしかできない。

「……うん、わかった」

嘘。まだ何もわかってない。だけど今、吉木のことを慰めることも心配することも違うと思ったから、わかったという言葉だけが余った選択肢として口からこぼれでた。

でも、初めて今、吉木と同じ景色を見られた気がしたんだ。

「口の傷、治ってよかったね」

鬱陶《うっとう》しいほどの雨音の中、私は、吉木のどんな言葉も聞き逃さないように、小さく、小さく呼吸をしていた。

君の過去が知りたい

初めて、ちゃんと吉木と話せたかもしれない。

吉木が、あんなふうに素直に謝ってくるなんて、思い返しても胸がざわざわする。

なんだか、今まで自分が知らなかった吉木に触れられたような気がして。

「邪魔、どいて」

下駄箱の前で休日のことを思いだし立ち止まっていると、低い声が背後から聞こえてきた。

振り返らなくとも誰だかわかる。

「吉木、おはよう……」

少し気まずそうに挨拶をすると、吉木は私の頭を指差して「寝ぐせついてんぞ」と言ってきた。

慌てて整えた頃には、吉木はスタスタと教室に向かってしまっていた。

まるで何ごともなかったかのような態度だ。近づいても、次の日にはリセットされてしまう。

「目くらい、合わせてよ……」

呟いた声は、騒がしい朝に紛れて消えていった。


「じゃあ、今年の文化祭はお化け屋敷で決定でいいですかね」

クラス委員がそう呼びかけると、まばらな返事が教室に散らばる。高校生になって初めての文化祭は、準備が最も大変なお化け屋敷になってしまった。

私は小道具作り担当で、宗方くんは当日の大道具担当、万里は衣装担当となった。吉木は居眠りをしていたせいで、余っていたお化け役担当に。

まだ交流のないグループとも混じってひとつのことを成し遂げる行事に、少なからず皆浮き足立っているようだった。私も普段関わらない子たちと同じグループになったわけだが、皆協力的でなんとかやっていけそうなメンバーで安心する。

一番不安なのはお化け役チームで、理由としては適当な男子が多いからだ。

「お化け役メンバー、大丈夫かね。超心配」

ぼそっと万里が耳打ちしてきたので、私は苦笑した。

早速来週の放課後からそれぞれが準備を始めることになったけれど、お化け役チームは全く話が進んでいない様子だった。

その不安は見事的中して、翌週の放課後には、お化け役チーム以外の生徒が揃っていた。小道具担当の私は、トイレットペーパーの芯や段ボールを使って、斧や骸骨を制作することとなった。

ガムテープを幾重《いくえ》にも巻きつけたり、本物の斧に見えるように取っ手を木にしたり、試行錯誤しながら皆で進めていた。

ぶっつけ本番のお化けチームは全く誰も来ていなくて、それに対して不満を言う生徒もいた。

「あー、俺もお化け役にすればよかったかなー」

「宗方くん、それ何作ってんの？」

嘆いている宗方くんに質問すると、彼は黒いビニール袋を掲げて見せた。

「とりあえず黒ビニール貼りつけた壁作ろうと思って」

「いいね、絶対必要になりそう」

「教室全体使って、まずは通路作んなきゃだもんな」

宗方くんがいるおかげで、大道具チームもしっかり進んでいた。文句を言いつつもしっかり働いてくれる男子メンバーに、女子も感心している。

「詩春ちゃん、その斧すごいね！　本物に見えるよ」

「委員長の言うとおり、銀のスプレーかけたらよくなった。ありがとう」

笑顔で褒めてくれた委員長にそう言うと、彼女は嬉しそうに笑った。ずっと万里と沙子にべったりな私だったけれど、こうして他の人と交流できる機会があるのは嬉しいことだ。

中学時代には体験できなかった青春感に、私も胸が躍る。

「あー！　吉木、やっと来た」

その時、入口方向から、衣装担当の女の子の大きい声が聞こえてきた。そこには、吉木をはじめとするお化け役メンバーが数人集まっていた。

衣装担当の女子が、吉木の腕を引っ張り無理やり中に引きずりこんでいる。吉木は鬱陶しそうな表情をしながらも、わかったからと言って、彼女の指示どおり制服の上着を脱いだ。

「吉木背でかいから、メジャー頭の上で自分で押さえて」

「お前どんな衣装作る気なんだよ」

「吉木は満場一致で孤独なヴァンパイア」

「何で俺だけ設定まで決まってんだよ」

吉木がクラスの女子と話している姿はあまり見かけないので、不思議な気持ちでその様子を見守っていた。

そうか、当たり前だけれど、吉木もあんなふうに普通に女子と会話するんだ。何だかより一層、吉木が遠くに感じられる。

メジャーで長さを測るために、足や腕を触られている吉木をぼうっと見ていると、突然こつんと誰かに頭を叩かれた。

「ペンキ、指ついてんぞ。落ちんのか、それ。早めに洗ってきた方がいいんじゃない？」

「あ、本当だ……、ぼうっとしてた」

宗方くんの忠告どおり、銀スプレーがついた指を洗いに、ひとり水道場に向かった。蛇口に銀がつかないように捻って、水でごしごしと洗い流す。

すると、教室から出てきた同じクラスメイトの女子が、小声で何か話しているのが聞こえた。

「吉木くん、なんか最近少し取っ付きやすくなったよね」

「愛子《あいこ》が今度連絡先聞いてみるとか言ってたよ」

……そうか、吉木はモテるのか。そんなことを今更ながら知った私は、水を流しっぱなしにしたまま再び茫然としてしまった。

吉木は、誰かのことを好きになったりするんだろうか。彼女はいるんだろうか。言ったら怒られるだろうけど、正直彼が恋をしている姿なんて、まったく想像がつかない。

周りがそんなふうに彼のことを騒ぎ立てると、なんだか急に彼を男子として意識してしまう。

〝孤独なヴァンパイア〟になった吉木をつい想像して、私は少しだけ噴きだしてしまった。あまりにも似合いすぎている。吉木は、死にたくても死ねないみたいな顔を、たまにするから。


急ピッチで準備をスタートしてから一カ月後、あっという間に文化祭当日となってしまった。

「皆、段ボールとか余ったゴミ類は全部まとめて」

委員長が皆に呼びかけて走り回っている。担任は放任主義で何も指示をしてこない。いつもより着飾った女子達が、男子のソワソワした雰囲気を更に煽《あお》っている。

「詩春、写真撮ろう！」

髪の毛をいつも以上に巻いて、カラコンとつけ睫毛をした万里が、写真を撮ろうとスマホを向けてきた。

インカメラに映った自分は、いつもどおりの服装で、何かこれといった特別感はない。

そんな私を見て呆れたのか、万里が不満げに私の格好を上から下まで見てきた。

「ちょっとトイレ来て。髪の毛ふわっとさせてあげる」

「いや、いいよ。あんまり似合わないし」

「何言ってんの、詩春はめちゃくちゃ磨けば光るっていつも言ってんじゃん」

「めちゃくちゃ磨けば……」

さらっと失礼なことを言い放つ万里に連行されて、私は用もないトイレに入った。

混みあっている鏡前に立ち、ヘアアイロンのコードをつなぐ。熱くなったコテが、顎先の前でシュウシュウと音を立てて滑っていく。

万里にされるがままになって、自分の毛先がくるんと内向きに巻かれていく様子を見ていた。

万里が楽しそうなら、それでいいかと思えたので、私は彼女が満足いくまで顔も髪もひととおりいじられた。

「よし、完璧超かわいい」

「ちょっとメイク濃くない？　スカートも短いし……」

「大丈夫だって。詩春今時のナチュラル系の顔だからこのくらいしてもOKだよ」

独自の理論に納得したそぶりを見せて、ひとまずトイレを出ると、ちょうどゴミ捨てを終えた宗方くんと吉木にばったり出くわしてしまった。

「あ、ちょっとふたり見てよ。かわいいでしょ今日の詩春」

余計なことを言わないでくれと、咄嗟に心の中で思ったが、万里はかまわず私を前に押しだす。

そんな反応の困ることを、よりによってこのふたりに聞かないでくれと、心中でいくら叫んでも無邪気な彼女に届くはずがない。

「うん、かわいい」

宗方くんがそんなことをあっさり言ってのけてくれたので、私は少し救われた思いになった。ありがとうと素直に頭を下げゆっくり顔を上げると、吉木とばちっと目が合ってしまった。

すると、そのままゆっくり吉木の指が私の顔に伸びてきた。

「え、何……」

触れるか触れないかの距離で、吉木の綺麗な指が止まった。

「睫毛、ついてる。ここ」

「え、あ、睫毛……」

左目の下をこすると、確かに睫毛がついていた。ただそれを教えてくれただけなのに、吉木の一挙手一投足はなぜこんなにも人をドキッとさせるのだろう。

「ちょっと吉木、他に言うことないの？　宗方くん見習いなさいよ」

「岡崎、俺の衣装ってどこにあんの」

「いつも思うけど、あんた私の話聞いてる？　会話超噛みあわないんですけど」

吉木と万里がいがみあっているのを聞き流しながら、私はまた吉木との距離感に困惑してしまっていた。

そんな私を見て、宗方くんが目の前で手を振ってくる。

「あ、ごめん、ちょっと目が痛くて意識そっちにいってた」

「はは、詩春最近ぼうっとしてんなー。ぼうっとというか、フリーズって感じ？」

「フリーズ……」

吉木の行動に一々フリーズしてたら、私はいつか本当に氷のように固まってしまうと思う。

ばちんと頬を叩いて、気合を入れ直した。

今日は会計係だから、しっかりしなきゃ。


「吉木、ヴァンパイア超似合うんですけど。超孤独感ある」

「なんだよ、孤独感って」

「ちょっと写真撮らせて」

開店の十五分前、衣装チームの女子が吉木の周りに人だかりを作っていた。

黒シャツと黒パンツ姿に着替えた吉木は、尖ったつけ八重歯や、血のりを頬に塗られていた。髪の毛もワックスで片側だけ固めて耳に流し、目もとにはうっすらと血色が悪く見えるシャドウがのせてある。

衣装チームが完璧だと騒ぐのも無理がないほど、吉木はヴァンパイアに見事に扮《ふん》していた。

衣装製作費のほとんどを彼に使ってしまったのではと疑うほど、他の人と比べて完成度が高い。

吉木は嫌そうな顔をしながらも、服に血のりを浴びせられていた。

「こういう時、あいつって美形なんだと思いだすよね。普段憎たらしくて忘れてるけど」

万里も珍しく褒めるほど、吉木は似合っていた。これは女性の集客が見込めるぞ……と、委員長が横でぼそりと呟いている。

吉木は、なんだかんだ言って、自然と周りに人が寄ってくる人だ。周りが彼を放っておかないのだ。つくづく私とは生まれた星が違う人だと、実感してしまう。

再び彼を遠く感じている暇もないうちに、文化祭の開始時間を迎えてしまった。

「よし、たくさんお客さん入れるぞー！」

宗方くんが、太陽みたいな笑顔で士気を高めてくれる。その声を合図に、それぞれが担当の場所へついた。


楽しい時間はあっという間で、お昼を過ぎると本当に一瞬で文化祭が終わってしまった。

結果は大盛況で、ひっきりなしにお客さんが来た。

大道具係が作ってくれた完全に光を閉ざした真っ暗な教室の中で、絶妙なタイミングで音楽が鳴り、不気味に装飾が光る。私たちが作った小道具を持ったお化けがお客さんを脅かし、その反応が人を呼んだ。

二日間に渡って行われた文化祭は、皆それぞれが充実した形で終わりを迎えた。


「ひゃー、疲れた！　あとは後夜祭のみだね」

「お疲れ、後夜祭場所取り行かないとね」

「そうだよ、いい場所取られちゃう。走ろう！」

クラスメイトのそんな会話があちらこちらで聞こえてくる。

後夜祭では、毎年花火が上がる。お客さんも全員帰った頃、校内の生徒だけで行われる後夜祭は、毎年豪華で有名だ。

花火を誰と見るかは自由で、恋人と見る人も多いという。この日にかけて、告白を事前にする人が増えるほどだ。

「あ、ごめん先に行ってて、万里」

私も万里と一緒に早速場所取りに向かい校庭に出ていたけれど、途中で教室にスマホを置いてきてしまったことを思いだした。すでに校庭のいい場所には人が集まっていて、今ふたりで戻ったら端っこで見ることは確定だ。

「えー、大丈夫？　またここ戻ってこられる？」

「うん、すぐ戻ってくるから」

そう言い残して、私はダッシュで教室へ戻る。薄暗くなった校舎をこんなに堂々と走れるのは今夜限り。何だかこのシチュエーションにさえ、ドキドキする。

外から漏れる光だけを頼りに、暗い教室に向かうと、人影が窓際に見えた。

「わあっ」

先ほどまでお化け屋敷だった教室のせいか、思わず驚き悲鳴を上げてしまうと、その影はゆっくり私の方を振り返った。

「幽霊見るような目してんじゃねぇよ」

「あ、なんだ、吉木か……」

月の光に照らされた彼は、先ほどの黒シャツ姿のまま、ぐいっと口もとの血のりを袖《そで》でぬぐっていた。

その姿が本当にヴァンパイアのように妖艶《ようえん》で、私は思わず息を呑んだ。

「後夜祭、出ないの？　花火もう上がっちゃうよ」

「ここからでも見えんだろ」

「まあ、そうだけど……」

それ以上会話が続かなくて、私はすごすご鞄からスマホを取りだした。

やっぱり、吉木の考えていることはいまいちよくわからないし、会話も上手にできない。

万里のように明るい女の子だったら、今吉木の腕を引っ張ってでも校庭に連れていくだろう。

スマホを手に取って、黒ビニールが張りめぐらされた教室を出ていこうとしたその時、吉木は私を呼び止めた。

「なあ、泣いた人の記憶が見えるって、どんな気分」

「え……」

「そういえば、聞いてなかったと思って」

「何でそんなこといきなり……」

「別に。気分」

泣いた人の記憶が見えて、いい思いをしたことなんて一度もない。いつだってそのつらさに胸が押しつぶされそうになる。

答えに困っていると、吉木が更に言葉を続けた。

「一回しか泣いたことのない奴って、他にいんの?」

「ううん、私が知る限り吉木だけだよ……」

首を横に振ると、吉木は「そうだよな」と呟いて、再び窓の外を見つめた。

何だか一瞬、吉木の背中がとても孤独に見えて、胸の奥がぎゅっと締めつけられるように苦しくなった。

「泣いた記憶を見ると、すごくこっちもつらくなるよ。友達だったら何かしてあげたいと思う。私なんかじゃ何もできないけど……」

「ふぅん……」

「昔、この能力のせいで、苦しめてしまった友達もいたから、もう大切な誰かを傷つけたくないって思ってる。二度と」

そう言うと、彼は、うん、と静かに頷いた。私は、瞼の裏に久美や沙子のことを思い浮かべていた。

彼は、一体どんなことで涙を流したんだろう。

彼の泣いた一回は、一体どんなことなんだろう。ずっとずっと気になっていたけれど、怖くて聞けなかった。

だってそれは、君の心の核のような気がしたから。

「吉木は……、大切な誰かが泣いた記憶を見たいと思う?」

そう問いかけると、彼はゆっくり睫毛を伏せる。月の白い光が彼の肌を照らして、より一層儚げな雰囲気をかもしだしている。

「痛みを忘れないためには、役立つかもな」

「痛みを、忘れないため……?」

「お前は、まだ俺のことを思いだせてないんだな」

吉木のことを、私はまだ全く思いだせていない。何度も記憶をたどってみたけれど、彼の存在は探せなかった。

吉木が知っている過去の私は、一体どんな私だったんだろう。

たったひとつ、怖くて、聞けなかったことがある。それを今、聞いてしまおうか。

教室には誰もいない。皆校庭に集まり、夜空に打ちあがる花火を、今か今かと期待している。目の前には彼ひとりだけで、今この空間にはふたりしか存在していない。

聞いてしまおうか。でも聞いたら、全ての関係が破壊される予感がするんだ。

「ねぇ、吉木……」

喉が渇く。言葉が引っかかる。君の鋭い瞳が怖い。

それでも、もう、君との関係をはっきりさせたいんだ。

どうして私を嫌っているのか、知りたいんだ。

思いだそうとすると、思いだせなくなるあの記憶の中に、君がいるのか。

今から五年前の、あの、私の父と母が離婚した記憶の中に。

「五年前、私と吉木は出会っていたのかな」

触れたくなかったあの記憶を、今、掘り返そうとしている。たぶん、人生で一番、つらかったあの時のことを。

「記憶の空白がある期間は、そこだけなんだ。もしそこで、吉木と会っていたなら、私は、その時吉木に何かをしたのかな……」

そこまで話すと、吉木は一瞬目を見開いて、それから俯いた。それは、つまり肯定を表しているとみていいんだろうか。

「私はずっと、この能力が備わったのは、何かの償いなんだと思って生きてきた」

吉木は何も言わずに、黙って私の瞳を見つめている。

「もしかして吉木は……」

「……思いださなくていい」

「え……？」

その時、空が一瞬カッと白く染まった。数秒後、彼の背中に大きな花が咲いて、ドオンという大きな音が聞こえる。

「思いださなくていい。俺は、本当は……お前に……ために来たんだ」

吉木の言葉が、よく聞こえない。ドオン、ドオンという大きい音が連続して、光の粒が流れ星のように下にするすると落ちていく。

「聞こえない……吉木……」

ぽつりと呟いたが、その声さえ彼には届いていなかった。お互いに声が聞こえないまま、私たちは数秒見つめあった。

彼の背後で、美しい金の光が再び咲いて、暗闇に溶けこんでいく。その光の消えていく先を、私はいつまでも見つめていた。

君の心はあの花火のように、パッと本心を見せてくれたと思いきや、すぐに闇に消えてしまうんだ。

手に持ったスマホは、万里からの着信でずっと震えていた。

教えてほしい

「食事の時くらいスマホしまいなさいよ」

万里から送られてきた文化祭の写真が、立て続けに私のスマホを揺らした。ブーブーと震えるスマホが、母の神経を逆撫でしてしまい、眉間のしわを濃くさせる。

再婚してから、ずっと機嫌のよかった母が、ここ最近わかりやすく情緒《じょうちょ》が不安定になっている。

離婚した時はよくあることだったが、文隆さんはこんな様子の母を知らないので少し戸惑っているようだった。

なんと声をかけたらいいのかわからない顔をしている気まずそうな文隆さんを見て、少し気の毒になった私は、苛立ちを跳ね返すように口を開く。

「お母さんこそ、食事中くらい、機嫌よくしたら」

ピリッとした空気が、調味料でひたひたになった野菜炒めの上を流れる。

申し訳ないけど、私だって今日はそんなに調子がよくない。

あの文化祭の吉木を思いだしては、心臓がぎゅうぎゅう圧迫されているのだ。

一体、過去の私と吉木はどんな関係だったのか……。

思いだそうとしても、相変わらず頭が痛くなるばかりだ。

母は何か言い返すかと思ったが、案外私の言葉で冷静になったようで、そうね、と静かに呟いてから、抱えていたものを吐きだすように話し始めた。

「……前田《まえだ》が、再婚したらしいの」

「え……」

予想もしていなかった言葉に、食欲が一気に減退していくのを感じた。離婚してから、母は実父のことを苗字で呼んでいる。味が全くしなくなったキャベツを飲みこんで、私は文隆さんと母の顔を交互に見た。

「そうか、よかったじゃないか。あっちはあっちの生活ができて」

「私はあいつがのうのうと生きていくことが許せないのよ」

……父が、本当の父が、私の知らない誰かと再婚した。

面会すら許されていなかったというのに、私はこれでいよいよ父との接点がなくなってしまったような、そんな気持ちになった。

ショックを受けてはいけない。咄嗟にそう思った。しかし、動揺をうまく隠すことはできなかった。

「結局証拠不十分で訴えられずにすんで、人生に後ろめたさとかないのかしら……。人殺しのくせに」

やめて、聞きたくない。私は心を落ちつけるためにお茶を一口飲む。味がしない。鉛でも飲んだかのように、お腹の中にずしっと重いものが溜まっていく。

「しかももう子どももいるって……信じられない。これ以上自分の汚い血を分けることを罪だと思わな……」

そこまで言いかけて、母はハッとしたように口を閉ざした。私は、そんな母をじっと見つめて、心の奥にあった膿《うみ》を吐きだすように口を開く。

「じゃあ、そのお父さんの汚い血を引いた私の存在って、どうなるの」

「詩春、違う。あなたはもう、私と前田の子どもじゃなくて、私だけの子どもだから」

「よく、わかんないよ……」

わからない。こんな、問い詰めても答えの出ないことを、口にしてしまった自分の本心もわからない。母も私も悪くない。悪いのは父で、父の存在そのもので。

でも、どうしたって消えないじゃない。母は父のことを取りたくても取りきれない染みついた汚れみたいに言うけれど、もうどうしようもないじゃない。私の父はあの人なんだから。あの人がいなかったら、私は生まれていないんだから。しょうがないじゃない。

そこまで考えてハッとした。もしかしたら吉木は、私の父の存在を知っているのだろうか。中学では広く噂が流れてしまったので、遠く離れた高校へ進学したけれど、もしかして同じ中学校出身だったのだろうか。だから、私のことを嫌っているんだろうか。

だとしたら、それこそ、どうしようもない。手の施《ほどこ》しようがない。過去は消えないし、それでも私は生きるしかないんだから。

「詩春。詩春は、前田さんの子でもあるけど、今は僕の子どもだよ。少しずつ、時間かかるかもしれないけど……色んなことを溶かしていこう」

文隆さんの声に、私は顔を上げることすらできなかった。いつか、溶かすことができるだろうか。このずぶずぶに汚れた思いも、全て。

＊　＊　＊

『人の気持ちは、その人に聞くまでわからないから、そのことを肝に銘じて生きていきなさい』と、父はよく言っていた。

噂や偏見に惑わされずに、ちゃんとその人を見てあげなさい、と。

だから、そんな父が言葉で誰かを死に追い詰めるなんて、信じられなかった。

パワハラの意味を知らなかった幼い私は、どうして父が何度も警察に呼ばれたのか母に聞いた。

すると母は、『心を殺すことよ。あの人は、あの方の心も、身体も殺したの。二回殺したのよ』と静かに答えたのを覚えている。父は殺人犯。その事実がどれだけ重いことなのか、それだけはわかっていた。

父と母が別れることを決めたのは、事件が起きたその日だった。即決だった。その別れに私の意思は無関係だった。

母は私を守るために別れ、父も私を守るために別れた。祖母からそう説明された。

「お父さん」

私は今でも、夢の中で何度も去りゆく父を呼び止める。いつか行った海で、父の浅黒い腕を必死に掴む。そんな私を振り返り、父は笑う。

「元気で。ごめんね」

父は何も言い訳をしなかった。もしかしたら会社での父は、まったくの別人だったのかもしれない。

会社でも、父をかばう者は誰ひとりいなかったと聞いた。この事件が起きる前から、母も愛想を尽かしていたのは薄々わかっていた。

お父さんが、言ったのに。

『その人の気持ちは、その人に聞くまでわからないんだ』って。お父さんが、そう言ったんじゃない。

なのにどうして、本当の気持ちを教えてくれなかったの。

罪を認めてもそうでなくても、私はお父さんの口からちゃんと聞きたかったのに。

あの時聞きたかったのは、『ごめんね』なんて言葉じゃなかった。

＊＊＊

「詩春って、中学の時どんな感じだったの」

突如宗方くんに振られた話題に、私は思わず一度固まった。彼の隣にいる万里は、長い指をすいすいと動かして、来週の同窓会に向けて中学時代の写真フォルダを整理している。その様子を見て、宗方くんがなんとなしに問いかけてきたのだ。

私の中学時代を知っている人は、この学校にはひとりもいない。簡単に入れる高校じゃなく、しかも地元からずっと遠いところを選んでここへ来た。

「んー、あんまり変わらないかな。今より地味だったかも」

当たり障りのない答えをすると、万里が話題に入ってきた。

「まあ中学生なんて垢抜けてないし、皆そんなもんだよねえ。万里も超天パで激ダサだったし」

「へぇ、想像つかないなあ」

私の言う地味は、きっと万里の思う地味とは違う意味だ。

私は中学時代、心を、ずっと殺して生きてきた。誰かに好かれようと思ってこの能力を使ったこともあるけど、気味悪がられてますます人は遠ざかっていった。

三年。たった三年我慢すればいい。そう思って、やっとたどりついた今がある。

万里や宗方くんは、もし私の父のことを知ったら、同じように離れていくのだろうか。そう思うと、急に胸の中に冷たい空気が流れこんできた。

「そういえばさあ、私の学校に、なんか犯罪者の娘が通ってるらしいよ」

「え……」

「ここからちょっと離れたとこに住んでる従兄弟が、なんかそういう噂聞いたって言ってきてさあ。その娘さんが悪いわけじゃないけど、ちょっと怖いよねえ。宗方は知ってた？」

「へぇ、俺そんな噂聞いたことなかったけどそうなんだ」

……怖い。たまらなく怖い。二時間離れたこんな場所でも、噂が広まっているのだろうか。進学先なんて、誰にも教えていなかったというのに。動揺した私は思わず、自分のスマホを取り落としてしまった。

「あ！　今嫌な音した。大丈夫？　詩春」

画面を下にして落ちたそれは、画面上に蜘蛛の巣を張っていた。バキバキに割れた画面を見て、鼓動は更に速くなる。

「お前何してんの」

割れた画面を茫然として見つめていた私の頭上から、不機嫌そうな声が降りてきた。顔を上げると、予想どおり吉木が立っていた。

「は、そんなことで泣きそうな顔してんなよ」

バカじゃん、と言って、吉木は冷めた目つきで私を見下ろす。万里はいつもどおり吉木の悪態《あくたい》を批判することに意識が向いてしまったため、話題が変わった。けれど、私の鼓動は鳴り止まなかった。

もし、万里や宗方くんにも嫌われたら、私はもうここにはいられない。

『人殺しの子ども』

そう幻聴が聞こえて、私は思わず両耳を手で塞ぐ。思わず発狂しそうなほどの恐怖にかられ、このまま意識が遠のいてしまいそう。

『その娘が悪いわけじゃないけど怖いよね』という万里の言葉が、現実の全てを物語っている。

「……泳ぎたい」

「え、詩春何か言った？」

万里の問いかけを無視してつぶやく。

泳ぎたい。今すぐ、がむしゃらに泳ぎたい。何もかも投げだして、水をかきわけ前に進むことだけを考えたい。

思い立ったらすぐだった。

今日は市民プールは休みだったが、いつもセキュリティのガードが緩い裏口から、勝手に入った。

ネクタイを緩め、重たいブレザーをロッカーの中に無造作に突っこむと、一度家に取りに帰った競泳水着に着替えた。

管理人がいる可能性も考えゆっくりとドアを開けたが、目の前に広がるプールは間違いなく私ひとりだけのものだった。

塩素のつんとした匂いが鼻を刺す。高い窓から差し込むオレンジ色の夕日だけが頼りだ。冷たい床を裸足で歩いて、飛びこみ台の上に立つ。息を深く吸ってから、どぼんと水の中に飛びこんだ。

室内プールと言えど、水はとてつもなく冷たい。でも、水に入った瞬間、外の世界との情報が途端に遮断《しゃだん》されるこの心地よさは、何ものにも代えられない。

ずっと潜っていたい。このまま、ずっと。もう誰も私を探さないで。

「ぷはっ、はー、はー……」

気づくと、呼吸が限界になるくらい長いこと潜っていた。ゴーグルもなしで入ってしまったので、塩素水が目にしみる。痛さで涙が出てきたときは、泣いたうちにカウントされない。

ポロポロと溢れる涙を、濡れた手でぬぐっても、拭けているのかどうかよくわからない。

「はは、こんな時も、痛さでしか泣けないんだ……」

ぱしゃん。思わず水面を殴ると、ぐわんと波紋が広がった。泣きたいのに泣けない。ずっと悲しい思いを胸のうちに溜めているみたい。私の涙腺《るいせん》はきっと心とつながっていない。こんなに胸が痛いのに、目が熱くなるだけで涙がこぼれ落ちない。

この能力に、私の涙腺は蓋をされてしまった。

「もうやだ……、もうやだ、もうやだもうやだ」

バシャン、バシャン、と、何度も水面に拳を打ちつける。力強く打てば打つほど、水はコンクリートのように固くなる。何が嫌なのか、言葉にならない。このままずっと、なんとなく嫌な毎日が続いていくのかと思うと、息が詰まった。

私はそのあとも、がむしゃらに泳いだり水に浮かんだりした。

＊　＊　＊

『お前が泣く資格なんかないんだよ』という怒鳴り声が聞こえる。声はハッキリ聞こえるのに、一体どうして顔が出てこないんだ。

防衛本能で、脳が記憶を消してしまったんだろうか。それくらい、私はあの言葉に傷ついていたんだろうか。

「申し訳ございませんでした」

あれは、私がまだ小学五年生だった頃の話。

突然家に現れた、能面のように無表情なおじさんに、母は玄関先で土下座していた。四角い縁なしメガネの奥にある瞳は、土下座した母を冷たく見下ろしていた。

「あなたの土下座になんの価値もありません。弁護士から電話があると思いますが、よろしくお願いします」

「はい、前田にも伝えておきます」

「ちゃんと言っておいてくださいね、殺人を犯したあなたの夫に」

殺人、というワードを口に出す瞬間、そのおじさんは書類を母に投げつけた。それは、遺書をコピーしたA四サイズの紙だった。ふわりと足もとに運ばれてきたそれを見て、私はどこかぼんやりと、父が何をしたのかを理解した。

〝くるしい〟――。たった一言、そう書かれた紙は、ひとつの命が、自ら絶たれたことを暗示していた。

そのおじさんは、父が追い詰めてしまった女性社員の旦那さんだった。

「一生忘れません。加害者の顔も、あなたの顔も、あなたの娘の顔も」

能面のような顔をした彼と、ばちっと目が合った瞬間、私はその場に凍りついた。

「一生忘れません、一生恨みます。それだけ、伝えにきました」

母は何も言わずに、床に頭をこすりつけている。パサパサの茶色い髪が、床の上に散らばっている。

お父さん、一体何をしたの。誰かを殺したの。今、一体どこにいるの。何でこんな時にいないの。お母さんを助けてよ。

私の目には、母を土下座させているおじさんが、悪者にしか見えなかった。しかし、次の瞬間、悪者は私たち側なのだと理解した。

「妻は、もう戻ってこないんですよ、あなたが、いくら頭を下げたって……」

つうっと、涙が細い筋を作り顎先からポタリと落ちる。語気を強めた瞬間、悲しみの気持ちが溢れでてしまったようだった。暗かった瞳に、じわじわと怒りの炎が灯っていくのを、私はただ立ち尽くして見守っていた。

「妻はもうこの世にいない。その事実だけが続くんです。僕たちの家族に、永遠に」

永遠という言葉が、こんなに重苦しいものだと知らなかった。母は号泣していたが、おじさんは眉をぴくりとも動かさずに言い放つ。

「告別式には絶対に来てください。ちゃんと現実を目に焼きつけてください。お待ちしてます」

おじさんは、それだけ言いつけて帰っていった。

その夜、警察の取り調べから戻ってきた父に、母は離婚届を押しつけた。父は力なく、その紙切れに判子を押していた。何の躊躇《ためら》いもないその動作に、私は存在していなかった。私は、家族をつなぎ止める理由にはなれなかった。

小学校の制服に線香の匂いが染みついていく。一番端の席で、私と母は無言で俯いていた。出棺の挨拶の時、私達は外で終わるのを待っていた。ハンカチを目に押し当て泣く人、私達をゴミを見るような目つきで見てくる人、殴りかかろうとする人、それを止める人、見守る人、色んな人がいた。

母はただただ頭を下げて、何を言われても泣かずに、申し訳ございませんと、ハッキリとした口調で謝罪していた。

ようやく関係者と離れ、もうじき式が終わる頃、私と母は今、駐車場近くの噴水前で立っている。最後までここにいて、全ての事実をこの目で見ることがせめてもの償いだと、母は思っているのだろう。

私は母にかける言葉を探した。

「お父さんと、もう暮らせないの？」

それは、今の母にとって一番されたくない質問だったのかもしれない。乾いた紫色の唇から、そうよ、とだけ返ってきた。

「どうして……？　本当にお父さんが、殺したの？」

「そうよ」

「どうやって、殺したの」

「言葉で追い詰めて殺したの」

「言葉でって……、でもお父さんは」

「詩春の知ってるあいつは、本当のあいつじゃないわ。お母さんももう、限界なの……」

母は、父のことなんか、もう微塵《みじん》も信じてなんかいなかった。

憎しみに満ちた瞳を見て悟った。私はもう二度と父には会えないと。

そう思うと、急に家族崩壊が現実味を帯びてきて、不安とパニックで涙がじわりと溢れでてきた。

これから、どうなっちゃうの、私。もう、お父さんには会えないの。

「やだ、私、まだお父さんに会いたいっ……」

「何でお前が泣いてんだよ」

突然、呻《うめ》き声に近い怒りに満ちた声が、私の身体を貫いた。顔を上げた瞬間、制服の襟を掴まれ、私の身体は突き飛ばされた。

同い年くらいの少年が、鬼のような形相で私のことを睨みつけている。鬼のような、というより、本当に鬼、だった。怒りと悲しみに狂いながら号泣している彼は、突き飛ばされ尻餅をついた私と、そんな私にすぐさま駆け寄った母に向かって同じ言葉で怒声を浴びせた。

「何でお前が、泣いてんだよ！」

ごめんなさい。そう言いたかったけれど、声が出なかった。

そういえば、亡くなってしまった女性には、私と同い年の子どもがいると聞いていた。この人が、その子どもであることは、すぐにわかった。

「お前が泣く資格なんか一ミリだってない。お前の父親は生きる価値のないクソで、それから生まれたお前もそうだ。同じ罪を背負って、これから先、泣きも笑いもせずに生きていけよ、一生忘れんな！」

その言葉を全身に浴びた瞬間、私の頭の中に雷が撃たれたような衝撃が走った。

カッと熱い何かが毛細血管を駆け巡り、一瞬視界がブラックアウトした。


……きっとこの特殊な能力が備わったのは、あの時だったのだと、今では思う。

神様が、罰として私から涙を奪って、代わりに人の涙を見せるようにしたんだろうと。色んな人を泣かせてしまったことを忘れさせないために。家族である父が犯した罪を、忘れさせないために。

ひとりの家族を、不幸にさせてしまったことを、忘れさせないために。

その日のことは、それ以上、上手く思いだせない。あの日の少年の言葉だけが、呪いのように心臓を縛りつけている。彼の顔や名前を思いだそうとすると、こめかみに鈍い痛みが走り、形のない大きな影に飲みこまれそうになるのだ。


どれくらい経っただろう。

気づくと、プールは暗闇に包まれていて、窓から漏れる街灯だけが頼りだった。

がむしゃらに泳いだせいで、急激な疲労感に襲われ、私は気づくとプールサイドで寝てしまっていたようだ。

布団代わりにしていたビート板から起きあがり、メッシュキャップを外し、私は窓の外を見あげる。冷たく固くなった身体をさすりながら、今、一体何時だろうと、そんなことを考える。

「何時でもいいや、もう……」

あの日の少年の、『一生忘れんな』という言葉が、じんと頭の芯に響いて鈍痛が走った。

わかっている。私はきっともうこの先、何にも泣けずに生きていく。この、得体の知れない不安を背負って生きていく。

「お母さん、心配してるかな……」

帰らなきゃ。そう思うけれど、身体が動かない。脳から指令を出しているはずなのに、どうして。

青白くなった肌を、窓から入る蛍光灯の白い光が照らしている。寒い。このまま、ここで化石みたいに固まってしまうんじゃないだろうか。

そんなふうに思ったその時、受付側にある奥のドアが突然開いた。その音で、弾かれたように強張った体が反応し、私はドアを見つめた。

そこには、プールにはそぐわない格好をした人が立っていた。

黒いダウンジャケットに身を包んだその人は、靴を履いたまま私の元まで近づいてくる。

何でだ。どうして君が、ここにいるんだ。

どうして君が、私を探してくれるんだ。

「お前、バカなの」

吉木は、自分のジャケットを脱いで、乱暴に私に被せてから崩れ落ちるようにしゃがみこんだ。

吉木の、真っ黒な髪の毛が、窓からの光に照らされて、青く光っている。

「お前の親が、娘が帰ってこないって通報したから、警察は今お前を探し回ってるよ。学校から一斉メールが回ってきた。お前が今日、おかしな様子で泳ぎたいとか呟いてたから、もしかしてと思ってここに来た」

普段はクールな吉木が、今初めてこんなにも語気を強めて話している。取り乱した様子の彼を、私は本当に初めて見た。

何も言えずに黙っている私を見て、吉木は深くため息をつく。それから、面倒くさそうに髪をかきあげて、問いかけた。

「で、お前は、何か言いたいことがあるわけ。こんなことするまで」

急に声のトーンが優しくなるもんだから、不覚にも胸の奥の奥がぎゅっと苦しくなってしまう。濡れた髪の毛先から、涙のように雫がぽたりと落ちる。

「わかんない、言いたいことなんて……」

声が震える。息が苦しい。言葉にならない。

だって、伝えられるはずがない。

この不毛な、形のない不安を、誰かにわかってもらえるはずがない。わかってもらう、つもりもない。

でも、知ってほしい。私が寂しいことを、誰かに知ってほしい。矛盾していると、君は怒るだろうか。

「知ってほしいけど、自分の気持ちが、言葉にならないっ……」

私の過去なんて知らない吉木に、私は一体何を言ってるんだ。何を求めているんだ。

震える唇を噛みしめて、毛先からぽたりぽたりと水が落ちる様子をただ見つめる。

吉木は何も言わずに、私の肩からずれ落ちたジャケットを、再び私に優しくかけた。そんなことで、ずっとずっと胸の中につかえていた思いが、嘘みたいにぼろぼろと溢れだしてしまった。

「皆、私の過去を知った途端、私を見ることをやめて、私の背景にある過去しか見ないんだ」

絞りだした声は、空き箱のようなこの空間に、遠くまで響いた。父のことがあってから、噂や偏見で覆われた世界しか見られなかった。

どこを見てるの、何を見てるの、私は今、ここにいるのに。見てほしくて、気づいてほしくて、手を差し伸べ触れると、その人が泣いている姿が見えてしまう。

涙を見ると、一生忘れるな、と言われたあの日の出来事が、蘇ってしまう。

吉木は、そんな私の言葉を聞いても、表情を崩さない。

「過去は身体の一部なんだから、もう、どうしようもないじゃない……」

最後にそう弱々しく呟くと、吉木は一度苦しそうに眉をひそめてから、静かに口を開いた。

「どうもしなくていい」

彼が、どうしてそんなに切なげな顔をしているのか、私にはわからない。

吉木にも似たような過去があるのか、それとも私の父のことを知っていて同情しているのか。

「お前が、偏見に合わせる必要はない。無理に強くなる必要もない」

「え……」

「人の気持ちなんて、本当は誰もわかってないんだ。お前を傷つけた人も、お前を好きでいてくれる人も、親も、俺も……お前の気持ちを全部知ることはできないよ」

ぽつりぽつりと、そこまで言葉にすると、吉木は長い睫毛を静かに伏せた。

もしかして、吉木にも、後悔するような過去があったんだろうか。

「わからないから、人は誰かと一緒にいようと思うんだ。誰だってそうだ」

……いつかの、父の言葉がこだまする。『その人の気持ちは、その人に聞くまでわからないから、そのことを肝に銘じておきなさい』という言葉が、吉木の苦しそうな表情に重なっていく。

私はきっと、吉木のことをまだ一パーセントもわかっていない。

でも、それでも、吉木という存在を知りたいと思ってしまった。

だからキャンプの時、彼に感情をぶつけてしまった。

その人を知りたいと思うことが人の性《さが》なら、この気持ちは否定しなくていいのだろうか。

こんな私でも、人に近づきたいと思っていいのだろうか。

「……お前のこと、全然知らないけど、ひとつだけ知ってることがある」

「え……」

「お前は、大切な誰かを傷つけたりはしない。全然、大丈夫だよ」

淡々とした語り口なのに、どうしてこんなに胸が痛い。

私は、ずっと誰かに、そんなふうに言ってほしかったのかもしれない。大丈夫だよって、なんの根拠もなしに言ってほしかったのかもしれない。

父の影に一番怯えていたのは、きっと私だ。父の冷たい血が流れているような気がして、いつか誰かを傷つけてしまいそうな恐怖に怯えていたんだ。

万里も、沙子も、今の家族のことも、いつかこの〝血〟のせいで、傷つけてしまうんじゃないかって。長く一緒にいるほど、その不安は募《つの》っていった。

どうして君は、そんなことがわかるの。

「それでも吉木は、私のことが、嫌いなんだよね……」

確かめるように問いかける。

吉木の顔は、怖くて見られない。きっと彼は困っている。

「それでもいい、ありがとう……」

想像よりずっと声が震えてしまった。恥ずかしい。でも、どうしても伝えたかった。この言葉以外になかった。

ようやく、吉木への気持ちに決着がついたような気がした。

私はきっと、君に近づきたいと思ってしまっている。

たとえ、その気持ちを君に否定されたとしても。

「俺は、お前にお礼を言われるような、人間じゃない」

いつもより低い声に、ゆっくりと顔を上げると、吉木は額に拳を当てて、唇を噛みしめていた。

「今、お前にそんなふうに言われて、死にたい思いになってる……」

どうしてそんなに苦しそうな顔をしているの？　分からないまま、彼の名を呟く。

「吉木……？」

「お前が嫌いなんじゃない、お前を嫌いでいなきゃいけないんだ、俺は！」

そう言った瞬間、吉木は私の腕を引っ張り、乱暴に私の頭を抱えこんで、自分の胸に押し当てた。吉木の心臓の真上に耳を押し当てられた瞬間、同じように私の心臓もドクン、と脈打った。

ドクン、ドクン、ドクン、という振動とともに、知りたくなかった過去が流れてくる。

それは、吉木の、唯一泣いた「あの日」の出来事だった。

彼が、絶対に触れるなと言った理由がわかった。

『同じ罪を背負って、これから先、泣きも笑いもせずに生きていけよ、一生忘れんな！』

記憶の渦の中で、私の過去と彼の過去が重なっていた。忘れていた、あの日の少年の顔が徐々にクリアになって、今の吉木の顔と重なっていく。

そうか、君は、私の父が幸せを奪ってしまった、あの日の少年だったのか。

目眩《めまい》のするようなショッキングな映像を見終えた私は、ゆっくりと彼から離れる。

きっと私は今、すぐにでも壊れだしそうな表情をしているだろう。

「ごめんなさい……」

ありがとうと伝えたばかりの人に、私は今、数年越しの謝罪をしている。

……心が、すりきれてしまいそう。

近づきたいと思った人が、不幸に陥れてしまった人だなんて、こんな悲しいことがあるだろうか。

吉木は、私から目を逸らさずに、真っ直ぐに見据えている。その黒い瞳の中に、私は今までどんなふうに存在していたんだろうか。

想像するまでもない。憎くてたまらないに決まっている。

「高校が一緒になったのは、偶然なんかじゃない。俺が、お前の情報を聞きだして、追いかけてきたんだ」

「ごめんなさい、私は、あの時……」

「確かめたいことが、あったんだ。俺は……」

そこまで言いかけて、吉木は私の顔を見て言葉を失った。

私は、トラウマのど真ん中に触れられてしまったような、吉木を恐れるような、そんな顔をしてしまったんだと思う。

馬鹿な話だ。吉木にとって私は、トラウマどころの存在じゃないのに、どうして私が吉木を怖く感じているんだ。

でも、あの日最後に涙を流した自分が、今の私を容赦なく責めるから。

「ごめんなさい……」

もう一度、震えた声で謝ると、吉木は更に絶望したように目の色を暗くした。

彼は、私の肩にもう一度触れようとしたけれど、直前で手を止めて、長い睫毛を再び伏せ

郵 便 は が き

104-0031

お手数ですが
切手をおはり
ください。

東京都中央区京橋1-3-1
八重洲口大栄ビル7階

スターツ出版(株) 第一書籍編集部
「いつか、きみの涙は光となる」
愛読者アンケート係

(フリガナ)
氏 名

住 所 〒 TEL

携帯

E-Mailアドレス

年齢 性別

職業
1. 学生(小・中・高・大学(院)・専門学校) 2. 会社員・公務員 3. 会社・団体役員
4. パート・アルバイト 5. 自営業 6. 自由業( ) 7. 主婦
8. 無職 9. その他( )

今後、小社から新刊等の各種ご案内やアンケートのお願いをお送りしてもよろしいですか?
1. はい 2. いいえ

※お手数ですが裏面もご記入ください。

お客様の情報を統計調査データとして使用するために利用させていただきます。
また頂いた個人情報に弊社からのお知らせをお送りさせて頂く場合があります。
個人情報保護管理責任者:スターツ出版株式会社 出版マーケティンググループ 部長
連絡先:TEL 03-6202-0311

「いつか、きみの涙は光となる」

愛読者カード

お買い上げいただき、ありがとうございました！
今後の編集の参考にさせていただきますので、
下記の設問にお答えいただければ幸いです。よろしくお願いいたします。

ご購入の理由は？　1.内容に興味がある　2.タイトルにひかれた　3.カバー（装丁）が好き　4.帯（表紙に巻いてある言葉）にひかれた　5.本の巻末広告を見て　6.ケータイ小説サイト「野いちご」を見て　7.友達からの口コミ　8.紹介記事・書評をみて　9.著者のファンだから　10.あらすじを見て
11.その他（　　　　　　　　　　　　　　　　　　　　　　　　　　）

本書を読んだ感想は？　1.とても満足　2.満足　3.ふつう　4.不満

本書の作品をケータイ小説サイト「野いちご」で読んだことがありますか？
1.読んだ　2.途中まで読んだ　3.読んだことがない　4.「野いちご」を知らない

上の質問で、1または2と答えた人に質問です。「野いちご」で読んだことのある作品を、本でもご購入された理由は？　1.また読み返したいから　2.いつでも読めるように手元においておきたいから　3.カバー（装丁）が良かったから　4.著者のファンだから
5.その他（　　　　　　　　　　　　　　　　　　　　　　　　　　）

1カ月に何冊くらい本を買いますか？　1.1～2冊買う　2.3冊以上買う
3.不定期で時々買う　4.昔はよく買っていたが今はめったに買わない　5.今回はじめて買った

本を選ぶときに参考にするものは？　1.友達からの口コミ　2.書店で見て　3.ホームページ　4.雑誌　5.テレビ　6.その他（　　　　　　　　　　　）

スマホ、ケータイは持ってますか？
1.スマホを持っている　2.ガラケーを持っている　3.持っていない

学校で朝読書の時間はありますか？　1.ある　2.今年からなくなった　3.昔はあった　4.ない

ご意見・ご感想をお聞かせください。

書籍化希望の作品があったら教えて下さい。

学校や生活の中で、興味関心のあること、悩みごとなどあれば、教えてください。

いただいたご意見を本の帯または新聞・雑誌・インターネット等の広告に使用させていただいてもよろしいですか？　1.よい　2.匿名ならOK　3.不可

本書以外に、最近お読みになって面白かった本があればお書きください。

ご協力、ありがとうございました！

る。

それから、自分に言い聞かせるように、ぽつりと一言呟いた。

「そうだな……俺とお前は、そうあるべきだ」

吉木は、泣きそうな顔をしているように、見えた。

そして、彼と言葉を交わしたのは……、その日が本当に最後だった。

『俺のことを思いだしたら消えてやるよ』という言葉どおり、吉木は転校先も告げずに去っていったのだ。

今にも壊れそうな、吉木の苦しそうな顔を、私はこの先何年も忘れられないことになる。

再会

新宿駅東口のロータリーに、英単語のサークル名が書かれた看板を持った大学生が溜まっている。新歓、という名のただの飲み会に、着飾った女の子達が群がり、駅周辺の動線を複雑にさせている。

大きな大学に入ると、居場所が見つからず孤独になる人、急激に友達が増える人のどちらかだと言うが、私は完全に前者の人間になっていた。

東口にあるバイト先に向かうために、アルタ前をどうにかして横切ったが、渡り終えた頃にはどっと疲れが増した。

キラキラした同年代の集団を目の前にすると、なんだか少し息が詰まる。

吉木との唐突な別れから、もう四年近くが過ぎていた。大学二年生になった私は、高校生の頃より人と会話する能力が確実に下がっている気がする。

万里は美容師になるため専門学校へ進学し、宗方くんは同じ都内の私立大学へ進学した。

宗方くんとは、いつか都内で飲み会をしようと口約束を交わしていたが、会わないまま。口約束なんてそんなものだ。

父の話が出るようになってから、私は徐々にフェードアウトするように万里や他のクラスメイトと距離を置き、逃げるように都内の大学へ進学したのだ。

大学生になって交友関係はかなり減った。

何も刺激のない日々の中、ひとり暮らしを始められたことだけが、大学生になってよかったと思える出来事だ。

家賃は親に払ってもらい、その他生活費は自力で稼ぐ必要があるため、こうして新宿駅の近くにある会社のコールセンターに働きに向かっている。

高時給のバイトが居酒屋かコールセンターしか出てこなかったので、消去法で決めた。無心でバイト先を目指していると、突然バッと腕を掴まれた。

「もしかして、詩春？　詩春だよな」

突然明るい声に引き止められて、驚き顔を上げると、そこには高校時代の懐かしい顔があった。

「む、宗方くん……」

「すげぇー！　こんなとこで会えるなんて！　元気してた？」

いつかの宗方兄のように、少し大人っぽく垢抜けた彼は、髪の毛を少しだけ茶色に染めていた。

チョコレートのような色をした髪の毛に目を奪われていると、宗方くんは私の背中を軽く叩いて笑う。

「いつかこのロータリー周辺で知り合いと会うんじゃないかと思ってたよ。詩春もどこかサークル入ってんの?」

「いや、私はこれからバイト向かう途中」

「そうなんだ、引き止めてごめん!　あ、そういえば連絡先教えてくれる?　スマホのデータ飛んじゃって連絡できなかったんだ」

数秒足を止めただけで人にぶつかり睨まれる新宿だ。私達は歩きながら話して、連絡先を交換した。初めて、高校時代の私のことを知っている人に新宿で出会った。私ははつらつとした様子の宗方くんに緊張してしまい、ぎこちない笑顔を返してしまった。

「宗方くん、垢抜けたね。一瞬誰かわかんなかった」

「私服だからじゃない?　変わってないよ。詩春は髪伸ばしてるんだね」

「うん、伸ばしてるというか、伸びてしまったというか……。染めたりしたいんだけどお金なくてさ、はは」

「元々少し茶色い髪してんじゃん、そのまんまの色が自然でいいよ」

同年代の異性もさらっと褒められるほど、宗方くんは〝大人〟になっていた。異性を意識しているような〝クラスの男子〟ではなかった。

なんだか同じステージに立てていない気がして、なんと返していいかわからず私は少し居心地が悪くなる。

胸辺りまで伸びた髪の毛先を俯き見つめると、彼は少し様子をうかがうように問いかける。

「万里が、心配してたよ。詩春がメッセージに返信くれないって」

何かあったの、と言葉にせずとも疑問がにじみ出ている。私はトレンチコートの大きなポケットに手を突っこみ前を向いて歩きながら、そっか、とだけ呟いた。

万里と何かあったわけではないが、私の父の噂が少しでも彼女の耳に入っていると思うと、怖くてこれ以上一緒にはいられないと思ってしまった。

彼女の明るい笑顔を見るたびに、この信頼を壊すことが怖くなって、卒業後は勝手に距離を取った。私は臆病《おくびょう》な人間だ。自分が傷つかないためなら、こんなにも簡単に友達との縁を切れてしまうなんて。

「万里、きっと寂しいんだよ。仲いいと思ってたふたりが、急に理由もわからないまま離れちゃったから」

仲がいいと思ってたふたり、というワードに、私は一瞬眉根を寄せた。

「……吉木も、急にいなくなったもんな。転校じゃなくて、高校辞めてたみたいだけど」

「え……、そうだったの？」

「知らなかったの？　元々吉木、予備校の方が合ってるから辞めるかもって、担任に言ってたらしいよ」

知らなかった。まさか、高校生自体を辞めてしまっていたなんて。

本当に私を追いかけるためだけに入学して、自分の正体をばらしたから辞めたんだろうか。

あのあと、私は吉木のことを極端に避けてしまったため、彼と話すことさえできなかった。

不意に目が合ってしまった時の、彼の何か言いたそうな表情だけが、今も頭の中に張りついている。

「ごめん宗方くん、そろそろ着くからこの辺で……」

「こっちこそごめん、勝手に着いてきて！　あのさ、よかったらなんだけど、俺のサークル興味あったら来ない？　インカレだから他大でも大歓迎だよ」

宗方くんは、鞄から黄緑色の紙に印刷されたチラシを取りだして、私の手に無理やり持たせた。

チラシの一番上には、マジックペンで太く『登山サークル　グリーンフラッシュ』と書かれていた。

「元水泳部の詩春は海の方が好きかもしれないけど、山もリフレッシュできていいよ。いつか詩春とも行ったけど、キャンプにどハマりして、それから登山に興味持ってさ」

「グリーンフラッシュってどんな意味なの？」

「緑閃光《りょくせんこう》だよ。太陽が昇ったり沈んだりする時、一瞬だけ緑に光る現象。それを見ると幸せになるとか言われてるけどね。一応そんな、一瞬の美しさ的な景色を見に行こうってコンセプトでやってる」

スマホで検索して出てきた画像を見せられて、私は思わず恍惚《こうこつ》としてしまった。

オレンジ色の空なのに、緑の色に発光した夕日が山の向こうで溶けている。

幸せになれるなんて迷信が気になったわけじゃないけれど、この景色を肉眼で見ることができたらどんなに感動するだろうか。

久々に昔の友人と話したせいか、それとも綺麗な景色を見たせいか、弱った心に何かが染みて、この平坦な日常に光が欲しくなってしまった。

「……俺さ、連絡先から詩春が消えた時、結構焦ったしショックだったんだ」

スマホを見たまま固まっていた私に、宗方くんが真剣な声で語りかける。ふと顔を上げると、少しだけ熱を持った瞳で、宗方くんは私を見つめていた。

「だから、サークル入ってくれるとすごく嬉しい。連絡待ってる」

そう言い残して、彼はロータリー方面へと走っていった。私は、黄緑色のチラシを見つめたまま、新宿の雑踏の中でぼんやりと過去のことを思いだした。

キャンプに行ったあの日、吉木は珍しくご機嫌だった。山が好きなんだと、一瞬だけ、本当に一瞬だけ、笑っていた気がする。

軽々とバンガローまでの木造階段を駆け上っていく吉木の後ろ姿や、りんごをつまみ食いした時のいたずらな表情が、今はすりきれた思い出になって、所々しか蘇らない。目を閉じると、さっきの緑の閃光が瞼の裏に焼きついていた。

私が唯一知ってる、吉木の好きなもの。それに触れてみたい。

そんなふうに思う自分がまだいることに、私は少し絶望した。

瞼の裏に焼きついた、蛍光緑の光の中で、そのまま消えてしまいたくなった。

その時、トレンチコートのポケットの中でスマホが震えた。

そこには、もう二度と会えないと思っていた人からのメッセージが表示されていた。

画面に映る〝沙子〟というたった二文字は、私の頭の中を真っ白にさせるには十分な威力を持っていた。

＊＊＊

お世話になっております、という言葉を、社長の顔も知らない会社にかける。与えられたリストの番号を上から潰し、ガチャ切りだったらバツ、可能性がありそうだったら三角、保留中だったら〝保〟をつけていく。

契約まで持っていけそうな雰囲気がしたら、すぐさまインカムで社員につなぎ、バトンタッチをする。

そんな広告営業を電話越しで続けてから、半年が経っていた。

機械的に与えられたことを話してこなしていくだけの仕事だったので、自分の性格に合っていた。

「おはようございます、今日のリストどこですか」

「おー、詩春ん、今日も若いのに暗いね」

「仙崎《せんざき》さん。若いのに暗いねって、対義語になってないですけど」

私のことをあだ名で呼ぶこの人は、自分のチームの上司だ。

年は三十代前半くらいの女性で、頬骨辺りでカットされた前髪をかきあげるたびに、色気が辺り一面に飛んでいくような美人だ。

私がパスした架電のバトンを、ほぼ百パーセントの確率で受注までつなげてくれる頼れる上司で、私はこの人が苦手だけど信頼はしている。

「この会社唯一の学生アルバイトちゃんだからね、かまいたくなっちゃうのよ許して」

そう言って、ホチキス留めされたリストをファイルごと渡す。いつもはここですぐに自分の席に戻るが、私は意を決し言いだしにくいことを口にする。

「あの、仙崎さん、申し訳ないんですけど、今日十八時で上がることは可能でしょうか。急用ができてしまい……」

「急用？　家族のこと？　学校のこと？」

「何年も会ってなかった友達から連絡があって……」

「あんた友達いたの」

仙崎さんは大きな目を見開いて、無神経な言葉を私にぶつけた。一応います、と小声で答えると、彼女はなぜか安心したように、へぇと声を漏らした。

「いいよ、今日水曜で不動産屋休みでそこまで忙しくないし。部長には伝えておいてあげる」

思ったよりもあっさりとOKを出してもらったことに驚いたが、私はすぐに頭を下げてお礼を伝えた。

「ありがとうございます、よろしくお願いします」

「はーい、じゃ頑張ってバリバリ架電して」

沙子からのメッセージは唐突だった。

『詩春、今日会える?』という、その一文だけが私に届いていた。

久しぶり、も、元気?という言葉もなしに届いたので、最初は間違いで送ってしまったんじゃないかと疑ったが、短い文の中に私の名前が入っていた。

間違いじゃない。沙子は私に会おうとしてくれている。

あれからもう、四年以上の時が経っていたのに。

『会えるよ、どこで待ち合わせしようか』

震えた指でメッセージを打ちこむと、すぐに既読のマークがつき、返事がきた。

『じゃあ、新宿駅の南口で会おう』と、すんなり返ってきたので、彼女も今東京で暮らしているんだろう。

何を話すか、どんな顔で会うか、何も決まっていないまま、私は『了解』という二文字を発信した。


新宿駅南口にある花屋の近くで、私は自分の心臓が暴れているのを感じながら、噴き出る手汗をハンカチでひたすら拭いていた。

毎朝気さくに挨拶していた友人と会うだけで、なぜこんなに緊張しているのか。東京に出てきたこの二年で、すっかり臆病さが増してしまった自分に嫌気が差す。

沙子、変わってないかな。どんな声してたんだっけ。どんな顔で笑うんだっけ。そもそも、下の名前で呼んでいいんだっけ。

初対面の人と待ちあわせしているかのような緊張感の中、私の名前を呼ぶ声がした。

「詩春、だよね？」

その声は、私が記憶していた声よりもずっと低く、視線を上げるとスラッとした中性的な人がそこに立っていた。

肌の白さや、顔の作りはそのままだけど、男性向けの服をサラッと着こなしている沙子がそこにいた。

「あ、ひ、久しぶり。髪切った？」

どこから聞いたらいいのかわからず、とりあえず間抜けな顔で一言発すると、沙子はぷっと噴き出した。

「はは、変わってないな、詩春は」

「そ、そうかな……？　ありがとう」

「お礼言うか、そこで」

シンプルな黒のジャケットセットアップ姿の沙子は、黒髪ショートヘアスタイルで、長い前髪を片耳にかけている。

化粧も一切していないのに、相変わらず目力がある彼女は、会話もそこそこに私の前を歩きだした。

……沙子、沙子だ。この歩き方、この笑い方、このさっぱりした話し方。見た目は少し変わっていたけれど、沙子と再び出会えたことの嬉しさで、すでに胸がいっぱいになってしまった。

そんな私の気持ちなんて知らずに、沙子は今までのことを話し始める。

「声、驚いたでしょ。潰したんだ喉、女みたいな声が嫌でさ」

「つ、潰せるもんなんだね」

「注射とかはまだ打ってないよ。そのうち打つかもしれないけど、とりあえず今は半端な自分を楽しんでる」

彼女の言う注射とは、おそらく男性ホルモンの注射のことだろうと、なんとなく察した。私の腕よりも、少しがっしりとした腕を見て、沙子は自分の身体と戦ってきたんだと思った。

スカートを翻して、移動教室の時に走っていた頃の沙子はもういない。

彼女の前髪が夜風に舞いあがると、アイシャドウもマスカラも何も乗っていない、素の瞳と目が合った。どきりとして、思わず目を逸らすと、沙子はまた笑った。

近くの個室居酒屋に入ると、沙子は銀のライターの蓋を指で弾いて、タバコに火をつける。斜め上に煙を吐きだす彼女をじっと見つめていると、ちょうどお酒が運ばれてきた。ひとまず乾杯して、一口飲んだところで彼女は口を開く。

「急に呼びだしてごめん。卒業後に万里から連絡きて、詩春も東京にいるって聞いてさ。どこかで会えるかもって思いながら過ごしてたらあっという間に二年生になって、急に焦ってきて勢いで呼んじゃった」

「こっちにいるって知らなかった……。新宿は大学近いの？」

「うん、詩春は？」

「私はバイト先が近くて」

聞きたいことはたくさんある気がするのに、こんな当たり障《さわ》りのない会話しかできない自分に呆れる。

私とは違って落ちついている様子の沙子は、長い前髪を耳にかけて、お酒を口に運んだ。

「会ってくれないかと思った。気持ち悪がられてると思って」

「え、どういうこと？」

「どういうことって、普通気持ち悪いでしょ。女から告られるなんて」

沙子は笑ってそう言ったが、私はどう反応したらいいのかわからなくて小さく首を横に振った。

驚いたけど、沙子を気持ち悪いとは思わなかった。そんなことより、もう会えなくなってしまうことの方がショックだった。そのことを伝えると、沙子は「そっか、ごめん」と言って申し訳なさそうに目を細めた。

「転校して、水泳めちゃくちゃ頑張ってたよ。せめて、自分の身体に言うこと聞かせるために運動してた気もするけど。でもそのうち、水着姿の自分に耐えられなくなって、引退してからすぐベリーショートにして、制服も着なくなって学校ではずっとジャージだった」

「そうだったんだ、いろいろあったんだね……」

「振り返ってもやっぱり、万里と詩春といるのは楽だったよ」

懐かしむように沙子が優しく目を細めるもんだから、なんだか胸の奥がぎゅっと苦しくなってしまった。そんなふうに言ってもらえたのに、私は今、万里と距離を置いてしまっている。

「万里と何かあったの？　無神経なこと言っちゃったのかもって、心配してたよ」

「いや、そういうわけじゃなくて、私も万里には悪いことしたなって後悔してて……」

「卒業してから二年経ったけど、ずっと連絡取ってないの？」

「うん、万里は何も悪くない。私が傷つくのが嫌で逃げただけなんだ」

「はは、詩春から逃げた時の自分と同じじゃん。あの時、傷つくのが怖くて逃げた」

沙子はタバコを灰皿に押しつけてから、ちゃんと私の目を見つめた。それから、数秒沈黙が続いて、彼女は口に出すのを一瞬躊躇うようなそぶりをしたあと、言葉を吐き出した。

「……正直もう、詩春とは一生会わないと思ってた」

大ぶりなシルバーアクセサリーがついた白く長い指を口の前で組んで、沙子は静かに語り始める。一生会わない、という言葉の重みに、それくらいの覚悟で私に想いを打ち明けたのだと知って、胸が軋《きし》む。

「それでも、信じたかった。詩春が、偏見なんかで自分を拒絶しないってこと。自分が好きになった人は、そんな人じゃないってこと。確かめたかった。だから、今日ここに来た」

「沙子……」

「めちゃくちゃ緊張して来たのに、第一声が髪切った？って、はは、力抜けたよ」

沙子が俯き肩を震わせ笑うので、私もつられて笑ってしまった。そんなに変なことを聞いたつもりはなかったけれど、沙子的に斜め上の発言で面白かったらしい。

沙子が笑ってくれたことも嬉しかったけれど、それ以上に私のことを信じて会いに来てくれたことが嬉しかった。

自分の好きな人を信じたいという気持ちが、当たり前すぎて染みてしまう。同時に、万里を避けていた自分がとても情けなく思えた。

まだ笑っている沙子の頭上で浮かんでいる数字が、たった今ひとつ増えたことに気づいた。

ああ、もしかして、今泣いてるんだろうか。

そのことに気づいた時、ストレートな言葉が口を突いて出てしまった。

「沙子、ありがとう。勇気を出して会いに来てくれて、ありがとう。会えて、すごく嬉しい」

笑うふりをして泣いていた沙子の肩が、少しだけ震える。それから、ゆっくり顔を上げて、弱々しい声で呟く。

「そういう素直なとこ、ほんと変わってないな……まいるよ」

沙子の大きな目から流れる涙があまりに綺麗で、私は思わず指で触れた。

溢れた感情が雫となり白い頬を伝っていく。不謹慎かもしれないけど、泣いている沙子はとても綺麗だった。

「……詩春、あのさ。もしかしたら詩春には、後ろめたい過去があるのかもしれないけど、自分は詩春の味方だからさ」

唐突な話題のように思えたが、沙子の震えた手を見て、もしかしたら沙子は何か知っていて会いに来てくれたのかもしれないと思った。

そういえば、沙子が転校した高校は、私の地元の近くだったから、父の噂もどこかで知ってしまったのかもしれない。

でもそのことを、敢えて口にしない沙子の優しさが、胸に刺さる。もう、沙子や万里が、自分の過去を知っていても知らなくても、どっちでもいいと思ってしまっている私がいる。

「詩春のことをよく知らない人は、詩春の今までの過去に目が行くかもしれないけど、これからも詩春と一緒にいたいと思ってくれる人は、詩春の今を見てくれるよ。少なくとも、自分はそうだよ」

「沙子……」

「もっとさ、気楽に考えようよ。人は今を生きてる時しか、生きてることを実感できないんだから」

沙子は自分に言い聞かせるようにそう呟いた。私は、沙子の大きな瞳を見つめながら、そうだね、と頷き返した。

沙子と初めて会った時のことが、はらはらと蘇ってくる。そういえば彼女は、出会った頃から力強くて眩しかった。

ドキドキしながら高校に入学したあの頃。

「スナコって読むんで、よろしく」

第一印象は、冷たい子だな、だった。キリッとした目もとと、見た目どおりキツイ口調が相まって、近寄りがたい空気をかもしだしていた。

そんな彼女が、聞いてもいないのに自分の名札を指差して読み方を教えてくれたのは、化学の実験でチームが一緒になった時だった。

「シハルです。よろしく……」

「私はマリ、文系なんで役に立てないけどごめーん。沙子ちゃん理系っぽいよねえ」

万里ともこの時初めて話した。高校に入学してから授業が始まってまだ間もないのに、グループ実験なんてハードルが高すぎると、私は前日怖くて寝られなかった。また中学の時のようにハブにされるのはごめんだ。

精一杯笑顔で、愛想よく答えたが、沙子はつんとした表情のまま私と目を合わせてくれなかった。

「沙子ちゃんって頭よさそうだよね。私馬鹿だから足引っ張ったらごめんね」

こういう強気なタイプの子を怒らせたら怖いから、慎重にならなくては。そう思えば思うほど緊張して、下手に媚《こび》を売るような言葉しか出てこなくて、沙子はそういうのが嫌いな人間に見えた。

案の定彼女は苛立ちを見せながら、私にフラスコを渡す。そしてナイフのように尖った言葉で空気を切り裂いた。

「会って間もないのに、憶測で話すのやめて。なんにも知らないでしょ私のこと。あと自虐とかも気を遣うからやめて」

そのとおりです。ぐうの音も出ません。私はたぶんこの時、相当アホな顔をしていたんだと思う。そんな私を見て、彼女はなぜか屈託なく笑ったんだ。

「繊細かよ、傷つきすぎ」

「え⁉　ごめん、えっと」

「万里の図太さ分けてもらったら」

「ちょっと沙子、それどういう意味ー？」

人にどう好かれようとか、どう輪に入ろうとか、そんなことを頭で考えるのが馬鹿らしく思えたのも、沙子と万里のおかげだった。人との距離を気にしてばかりいた中学時代の私にとって、彼女たちの気楽さはとても心地がよかった。

「詩春、移動教室一緒に行こう」

「詩春、聞いてよ昨日彼氏と喧嘩してさ」

私の名前を呼んでくれる。それだけで居場所ができた気がしたんだ。

だから、この子達が泣いている時は、助けてあげたいと思った。私にとって大切な人だったから、話だけでも聞いてあげたいと思った。

その気持ちは嘘じゃないんだよ。初めて、この能力を持っていてよかったと思えたんだ。


高校時代の記憶が、芋づる形式で次々と溢れでてしまった。

今目の前に、私のことを真っ直ぐ見つめてくれている大学生になった沙子が、確かに存在している。本当だ、沙子の言うとおりだ。

「詩春、大丈夫……?」

「ごめん、なんかいろいろ思いだしちゃって」

人は今を生きてる時しか、生きてることを実感できないんだ。変えることのできない過去の中で生きていた私は、死んでいたも同然だったのかもしれない。

勝手な自己嫌悪で、二度と戻れない日の思い出を塗り替えるところだった。

勝手な自己嫌悪で、大切な友達を手放すところだった。

勝手な自己嫌悪で――……。

そこまで考えた時、ふと誰かの声が頭の中に降ってきた。それは、あの日冷えきったプールで聞いた吉木の声だった。

『確かめたいことが、あったんだ。俺は……』

あの時私は、まさに自分への嫌悪で頭がいっぱいだった。もしかしたら私は、大切な言葉を聞き流してしまったのかもしれない。

あの言葉の続きを聞いてあげることができなかった。

私はどうしていつも、自分のことを傷つける言葉ばかり、頭の中に残してしまうんだろう。

あの時君が残した言葉の中に、どれだけの悲しみと苦しみが混じっていたのだというのだろう。

どうしていつも、その時気づいてあげられないんだ。

「沙子、ありがとうね」

「今度は何に対するお礼？」

「わからない……でも、ありがとう」

ずっと視界が分厚い雲に覆われていたかのようだ。自分の中で勝手に閉じこもっていた殻に、沙子が穴を開けてくれた。

漏れた光のその先に、あの時の吉木がいる気がした。

失いかけたものを取り戻したいと思い始めた私の手を引くように、スマホが震えた。

『初めて生で見た』という言葉とともに、グリーンフラッシュの美しい写真が、宗方くんから送られてきた。

人を好きになる

暗く、深く、冷たい。鉛が靴の隙間から溜まっていくかのようだ。もう足を動かせない。湿った枯葉を踏みしめ、一歩進んだところで、私は木の下に力なく座りこんだ。

山の天気は変わりやすいと言うけれど、ここまでの土砂降りが急にやってくるとは、リーダーも想像していなかっただろう。

皆とはぐれてどれくらい経っただろう。冷たくなった指先を温めることもせずに、私は鼠色の空を見あげる。睫毛に溜まった雨粒の重さに耐えきれなくなったかのように、私はゆっくりと瞼を閉じる。

瞼の裏には、かつてクラスメイトだった、あの冷たい瞳を持った少年が浮かんでくる。吉木馨は、まるで私を責めるかのように、暗く、冷たい視線で、私を睨みつけている。

真っ黒な髪の毛に、精悍な学ラン姿の彼は、今一体何をしているんだろう。変わらず、今も私を、嫌っているのだろうか。

「おい、詩春、大丈夫か」

私の肩をゆさゆさと誰かが揺さぶる。私とは反対にまだまだエネルギーが有り余った様子の彼は、私のリュックを軽々と持ちあげた。

「まさか詩春がそんなに体力がなくなってたとは……」

「ご、ごめん私に合わせて超初心者向けの山にしてもらったのに」

「あと少しだけど頑張れる？　立てる？」

登山サークルのリーダーである宗方くんは、足場の悪い箇所で躓《つまづ》き、幹にすっぽりハマってしまった私を引っ張り起こしてくれた。ひとりでいるときは弱気になってしまったけれど、宗方くんの声を聞いた瞬間もう少し頑張れそうな気がしてきた。宗方くんは、そんな私の身体についた落ち葉を手で払ってくれた。

「ありがとう、足引っ張らないよう気合い入れます」

「はは、大丈夫。俺がいるから。一緒に登ろう」

そう言って、彼は私の腕を力強く引く。高校生の時と変わらず頼もしい性格の彼に、私は心から安堵していた。うん、大丈夫、歩ける気がする。そう自分に言い聞かせて一歩踏みだした。

登山サークルに入ることを決めたのは、何か新しいことを始めて、体を動かして、自分の殻を行動から破ってみたいと思ったから。これで何か変わるわけではないかもしれない。だけど、過去の記憶に浸ってぷかぷかと水に浮かんでいるだけだった自分より、よっぽど頭が働いている気がする。

一歩一歩踏みだす。それしか前に進む方法はない。

シンプルなルールが、私の折れそうな心をギリギリで支えてくれていた。

「あ、詩春ちゃん、もう少しだよ。頑張って！」

先を歩いていた女子グループに声をかけてもらいながら、なんとか合流できた。宗方くん曰く、あと数百メートルで到着するらしい。その言葉を信じ、ザクザクと土を踏みつけ歩いていく。もう少し、あともう少し、頑張れ私の足。

そんなふうに言い聞かせているうちに、だんだんと空が開けてきた。周りの木々が少なくなり、傾斜も緩やかになっていく。着いたよ！という先頭の女の子の言葉に顔を上げると、そこには見たこともない美しい景色が広がっていた。

今まで自分が登ってきた道のりを見下ろすと、こんな所を歩いてきた自分が信じられないほどだ。

ここまで来られた、という自信が疲れた体の中にじわじわと染みこんでいく。

いつの間にか雨は上がっていて、ブロックのように組み立てられた小さなビルが遠くに霞《かす》んで見える。そのまた向こうにある水平線に傾く太陽を見つめていると、自分がふわふわと浮いてしまうんじゃないかという気持ちになった。

こんなに疲れていたのに、身体が軽くなっていくなんて不思議だ。

「綺麗……」

ぼそりと呟くと、宗方くんが隣で静かに笑った。

「よかった、この景色を詩春に味わってもらえて」

「あの水平線まで飛んでいきたいと思うほど、感動してるよ」

「そんなに？　大げさだな」

「ううん、ほんとに。来てよかった……」

「次は筑波山《つくばさん》登ろうぜ。あ、そうだ、写真撮ろう」

しみじみ呟く私の横で、宗方くんが思いだしたようにリュックを漁り始めた。カメラを取りだし組み立ててから、サークルの皆に声をかけて、一箇所に集める。強いフラッシュが目に焼きついたけれど、私は清々しい表情でちゃんと写っていると思う。それくらい、心が晴れやかだ。

「詩春、ふたりでも撮ろう」

宗方くんに促されて、ふたりで空を指差して写真を撮った。思いきり逆光になってしまった気もするけれど、無事に初の山頂での記念撮影を終えた。

「よかった。この前会った時よりも、元気になってて」

「はは、この前バイトがあったし、新歓の勧誘集団に呑まれてバテてたからね」

「他にも何かいいことあった？」

「あー、うん。久々にね、沙子と万里に会ったの。きっかけは沙子が作ってくれたんだけど」

「え、三人で会ったの⁉　なんだよ、呼んでくれたらよかったのに」

すねたように口を尖らせる宗方くんに、ごめんごめんと笑って謝る。

そう、私はあのあと三人で会う機会を設けて会った。万里には父のことは言わなかったけれど、聞かれたら全て話す覚悟で会った。だけど、集まってしまったら話したいことが次々出てしまって、それどころではなかった。

万里は底抜けにいい子だから、深く問い詰めずに接してくれた。

「今度さ、同窓会とかしてみたいね。成人式は同じ中学で集まるだろうから」

「いいね」

「吉木も来るかもな。あいつ地味に女子に人気あったから、呼んだら喜ばれるよ」

吉木という二文字に過剰に反応してしまいそうになったのをなんとか堪えて、自然に笑顔を返した。

吉木はきっと来ない。私が同窓会に参加する限り。

そんなことを思っていると、宗方くんが様子をうかがうように、突拍子もない質問を投げてきた。

「……詩春ってさ、吉木のこと好きだったの？」

「え、何で？」

思わず否定する前に問いかけてしまった。だって、そんなふうに思われる節なんて全くないはず。

私と吉木の間に流れる空気はいつだってギスギスしていたはずだから。

「ありえないよ。私、嫌われてるもん」

「え、そうなの？　嘘だよ」

「嘘じゃないよ、面と向かって言われたもん」

きょとんとした様子の宗方くんに、私は畳みかけるように答えた。

嫌われているという表現はもしかしたら適していないのかもしれない。嫌われているより、恨まれているの方が正しい。たぶん。

「でも吉木、いつも詩春のこと目で追ってたよ」

「いやそれは、たぶん監視する目的で」

「詩春行方不明事件の時も、吉木が詩春を見つけたんだよね」

そうだった。忘れもしない。あの日、いつも無表情な吉木が、血相を変えてプールまで駆けつけた日のこと。

次の日学校に行くと、万里や宗方くんに心配したとたくさん怒られたんだ。

「あの時はお騒がせしました……」

そんなふうに話していると、先頭を切って歩いてくれていた女の子が、ねぇ、と急に呼びかけてきた。

「さっきから話してる吉木って、もしかして吉木馨のこと？」

「え……、知ってるの？」

私も宗方くんも驚き声を重ねると、その女の子も驚いたように声を上げた。それから、

「ちょっと待ってね」と言って私達に自分のスマホを見せてくれた。

「この人でしょ？　W大の登山サークル入ってるよ」

「え、亜里沙《ありさ》、吉木とどこで会ったの？」

宗方くんの質問に彼女は首を横に振った。

「ううん、会ったことはない。でも海外の山もがんがん登ってて、この容姿だしそろそろスポンサーとかつくんじゃないかって噂されてるよ。ほら、吉木馨でタグ検索するだけでこんなに画像出てくる」

本当だ。そこには、大学生になった吉木がいた。

そうか、ちゃんと高卒認定も貰って、大学に受かったんだ。

髪の毛は黒のままだけど、長さは少しだけ短くなっている。細身だけど、よく見ると腕周りは前よりがっしりしてるし、背も少し伸びている。登山用のウェアを着て、真剣な瞳で山を登っている彼の写真に、私は釘付けになってしまった。

「ふたり知り合いなの？　宗方、吉木馨の連絡先教えてよー」

「ミーハー心剥き出しじゃねぇか。俺も今は知らないよ」

本当に吉木だ。よかった。生きている。

彼も今同じように年を重ねている。それが確認できただけでもう十分だった。よかった。今の吉木を見ることができるなんて、思ってもみなかったから。

よほど必死な顔で写真を見ていたせいか、亜里沙さんは続けて話してくれた。

「この写真、同じく登山サークルの子が撮ってるらしいんだけど……なんか噂だと有名写真家の娘とかなんとか……」

「なんか華やかだなー」

苦笑しながら宗方くんが呟く。

「宗方、今度合同での登山イベント持ちかけてみてよー」

もしかしたらいつか、吉木と出会える日が来るかもしれない。ドクンと心臓が、不安で大きく脈打った。

彼に聞きたいこと、謝りたいことは山ほどある。だけど、彼はもう私なんかに二度と会いたくないかもしれない。そう思うと、とても怖い。

まさか、こんなに近くに彼がいたなんて。

下山している時、頭の中のほとんどは吉木のことで埋め尽くされてしまった。何年経っても、何年会っていなくても、私は吉木の存在で簡単に脳内が乱されてしまう。

＊　＊　＊

もしも、吉木という人間と、ただのクラスメイトでいられたなら、私と吉木の関係性はどんなふうになっただろうか。普通の友達になれただろうか。そんなことを、最近ふと考えるようになった。

バカだな、そんな、もしもの過去を想像するなんて、虚しくなるだけだというのに。

「今日のリストをいただけますか」

「お、詩春ん、おはよう」

仙崎さんは、コーヒーを飲みながら片方の手で資料を取りだした。不動産屋の番号が並んだそれを受けとり、席に着こうとすると、仙崎さんに呼び止められた。

「この前見たよー、詩春ん」

「え、何をですか」

「駅で男の子と仲睦まじく歩いてるところ。彼氏？」

そんなふうに言われて思いつくのは、宗方くんくらいしかいなかった。別に腕を組んでいたわけでも、見つめあっていたわけでもないし、もちろん宗方くんは彼氏ではない。

「仲睦まじく……」

違います、と否定すると仙崎さんはつまらなそうに声を漏らした。

「えー、でも彼側は詩春んのこと好きそうに見えたけどなあ」

「好きって、そもそも、よくわからないです……」

まだ誰もいない早朝のオフィスに、私の自信なげな声がスーッと消えていく。そんな私を見つめていた仙崎さんの顔が、ぽかんとした顔からだんだん呆れた顔になっていく様子を、まるでスローモーションのように観察できてしまった。

「暗い」

「す、すみません……」

「暗い暗い暗い」

そう連呼して、仙崎さんは私の伸びきった前髪を人差し指でサッと流した。一瞬開けた視界に飛びこんできた、美しい顔に圧倒されていると、彼女は吐きだすように、暗いともう一度言ってのけた。

「暗くてもいいけど、それを理由に人の痛みに鈍くなるんじゃないよ」

「え、仙崎さん……」

「あんたたまに、自分は世界とは関係ないみたいな顔する時あるけど、それ別に誰のためにもなってないから」

グサッ、という効果音が現実世界にもあるとしたら、今まさにそんな音が鳴っていたと思う。

どの場所で切っても刺さってしまう言葉に、私は思わず自分の胸を手で押さえてしまった。傷ついた顔で言葉を失っている私を見て、仙崎さんは自分の発言にハッとしたのか、私の肩を優しく撫でる。

「ごめん。詩春ん見てると、うちの甥っ子が頭に浮かんじゃってつい。言いすぎました」

「い、いえ……。なんか少しだけ目が覚めた気もします……」

人の痛みに鈍くなるな、という言葉が、胸の中にずしんと響いた。それは、自覚している自分に欠けた部分だったから。

沙子と再会してから、無駄に自己嫌悪したり、世界を狭めることをやめようと思っていたのに、まだ抜けきっていないようだった。

誰かを好きになるとか、恋愛のことになるとなおさらだった。それは、自分とはかけ離れた何かだと思っていたから。

「甥っ子さん、私と似てるんですか」

「似てるね。まあ、あの子は少しややこしい過去持ってるからってのもあるけど、自分に欠けてるものばかり見つける人生送ってるとこが、似てる」

「ややこしい過去、ですか……」

「甥っ子も恋人作ったりすれば変わんのかね。死ぬまで後悔すべきことがあるから、あたしみたいに陽気には暮らせないって言われたよ」

「すごい甥っ子ですね……、仙崎さんにそんなこと言えるなんて」

私のコメントに対して、どういう意味だ、と低い声で返されたところで、他のバイトの人がオフィスに入ってきた。

仙崎さんは何ごともなかったかのように挨拶をして、リストの整理を始めた。

「陽気なんじゃなくて、陽気になれる環境を自分で作ってきてんだっつの。……なんて、詩春んに愚痴ってどうするってね。今日もよろしくね」

「あの、仙崎さん」

いろいろと鋭い言葉を浴びせられて、もうエネルギーは残り少ないはずなのに、仙崎さんの言葉で答えが欲しくて思わず問いかけてしまった。

「人を好きになるって、どういう気持ちですか」

大真面目に馬鹿な質問をしている私を見て、仙崎さんは一瞬固まった。それから、斜め上を向いて何か言葉を見つけるそぶりを見せて、静かに答えた。

「大切にしたいって思うことだと、私は思ってるよ。その人の弱い部分も含めて」

「弱い部分……」

「ほら、席ついて、架電、今日も頑張って」

人を好きになるって、弱い部分も大切にしてあげたいって思うことなんだ。

だとしたら私は、まだ誰のことも好きになれていない。

いつか、自分の弱さも曝《さら》けだしてぶつかりあえる人と出会えるだろうか。

あの日の、プールサイドでの私のように、剥き出しになれる日がまた来るだろうか。

第三章

そうあるべき

最初はただ気分転換になればと思って始めた山登りも、宗方くんの影響もあってどんどんハマっていった。元々本を読むことも好きだったから、今まで手に取ったことのなかった雑誌や専門誌に触れる機会が増えたことも嬉しかった。登山ウェアも色んなデザインがあるし、アウトドアのファッションの魅力にも浸かってしまった。

ただ、調べていくうちに、吉木の名前を見かけることが何度かあった。

元々有名な登山サークルに所属していることもあってだろうが、画像がＳＮＳにちょこちょこ上げられている。

その大元は、噂されていたであろう、プロ写真家の娘、〝里中《さとなか》アイリ〟さんのアカウントからだった。もちろん彼女がアップする写真は吉木の写真だけではなかったが、吉木の写真の時だけ明らかに反応率が高かった。

確かに彼女が撮る吉木は魅力的で、野生的な空気と透明感の両方を纏っていた。

緑のウェアを着た吉木が、鋭い瞳で頂上を目指している姿は、写真越しでもどきっとするものがある。

里中さんの映像の切りとり方がとても素敵で、私はすっかり彼女のファンになりつつあった。

彼女自身も山登りが趣味なので、美しい山の写真もたびたびアップされている。

「個展やるんだ……」

「え、アイリさんの？」

スマホでアイリさんの告知投稿を見ながら呟くと、宗方くんが興味ありげに画面を覗いてきた。

「うん、山の写真に絞った個展らしい」

個展の告知画像は、少しくすんだ、青緑色の山の景色の上に、細い明朝体《みんちょうたい》で〝airi初個展〟と書かれている。

表参道《おもてさんどう》から少し離れたところでひっそりと行われるらしい個展の情報は、SNS上でそこそこ拡散されていた。

宗方くんの大学にある登山サークルの部室で、アイリさんの写真に見惚れていると、宗方くんがぼそっと隣で呟いた。

「一緒に観に行く？」

「え、この個展を？」

「うん。もしかしたら吉木に会えるかもね」

もしかしたら会えるかも。

その可能性は、この告知を見た瞬間私も少し考えた。

謝りたいことも、聞きたいこともある。だけど、吉木に避けられたら私は一生立ち直れない気がする。

スマホを見たまま固まっている私に、宗方くんはぽつりと呟いた。

「俺さ、ずっと思ってた。詩春と吉木の間に流れる空気って、一体何なんだろうって」

私に向かって話しかけているはずなのに、宗方くんは窓の外の遠くを見つめている。宗方くんが机に肘をかけた時、安っぽいパイプ椅子が軋む音が響いた。

「最初は吉木に怯えてるみたいだったから、もしかしたら詩春は吉木が苦手なのかなって思ってた。でもそうじゃなかった。詩春は、吉木の前でだけはカッとなったり落ちこんだり笑ったりするんだ」

「そ、そうかな……。でもそれは吉木が尖った性格だからで」

そこまで言いかけると、宗方くんは眉をハの字にして柔らかく笑う。確かにそうかもしれないけど、って。

宗方くんのチョコレート色の髪の毛が夕日に照らされて、溶けだしてしまいそう。

「キャンプに行った日のこと覚えてる？　悟さんのこと、あとから知って、俺と万里、初めて吉木に本気で怒られたよ」

「え、そうだったの？」

「怒られて、気づけなかったことにめちゃくちゃ情けなくなって、そのまま詩春に言いそびれたまま卒業した。詩春が好きってこと」

会話の流れであまりにサラッと告げられたので、私はすぐに反応することができなかった。

どんな意味で好きと言ったのかは、宗方くんの顔を見てすぐにわかった。

胸の中が、ザワザワと音を立てて波立っているのを感じた。今まで体験したことのない、感情の揺さぶりだった。

「ご、ごめん、今すぐ言葉が出てこない」

何か話さなきゃと思って出てきた言葉をそのまま口にすると、宗方くんは笑った。動揺して、急に目も合わせられなくなった私に向かって、彼は会話を進める。

「ごめん、俺の話に持っていって。でもさ、この個展行ってみない？　純粋に興味あるし、そこでもし吉木と会えたら俺も嬉しい」

「うん、アイリさんの写真、生で見てみたい。吉木とは、会っても何話せばいいかわからないけど」

「吉木と会えたら運命だし、会えなかったら俺とお茶しよう。行ってみたいカフェがあるんだ」

会話の流れで、思わずすぐに首を縦に振ってしまった。どちらも個展に行く選択肢だったことに、頷いてから気づいた。

宗方くんは、私のことを好いてくれている。その事実は、嬉しくもあったが、同時に申し訳ない気持ちにもなった。

きっと私は、宗方くんには自分の過去を話せない。

＊　＊　＊

地下鉄から降りて、長い階段を登って地上に出ると、待ち合わせ場所のビルがすぐ目の前にあった。歩道の桜は散ってしまい、五月の温かい空気が流れている。ミントグリーン色の薄い春コートのポケットに手を突っこみ空を見あげていると、背中をポンと叩かれた。

「ごめん、待った？」

「ううん、全然。晴れてよかったね」

「ね、ちょっと暑いくらいだよ。服装ミスったな」

宗方くんは、テラコッタ色のパーカーに黒のパンツという、いつも通りラフな格好で現れた。

男の人とふたりで待ち合わせをするなんて、この年になって初めて体験したことに気づき、宗方くんの顔を見てから急に緊張してしまった。

そのことを悟られないように、すぐさま個展の場所を確認する。好き、と面と向かって言ってくれた人と出かけるなんて、よく考えたらどんな顔をしていたらいいのかわからない。

「やっぱりちょっと歩くね。表参道あんまり来ないから迷ったらごめん」

「俺も一緒に地図追うよ。割と奥まったところだね」

スマホの地図を頼りに、大通りを右に曲がって細い裏路地に出ると、こじんまりとしたかわいい雑貨屋さんやヘアサロンが並んでいた。

あと二百メートルほどで着くところまで進んだ時、急に緊張が込みあげてきた。

もしかしたら吉木に会ってしまうかもしれない。

頭の中は宗方くんのことも整理が追いついていないというのに。

もし、もし今吉木に再会したら、なんて言おう。

あの日、話も聞かずに吉木を恐れてしまったことを謝るべきなんだろう。でも、どんなに言葉を用意しても、彼を目の前にしたら頭の中が真っ白になってしまうのは容易に想像できた。

ぐるぐると色んなことを頭の中で考えているうちに、ついに会場の前についてしまった。

大部分がガラスでできたその会場は、外からでもそこそこ人が集まっていることが確認できる。木材でできた立て看板には、〝airi〟という文字が白のペンキで勢いよく描かれている。

アイリさんらしき人が受付に見えて、心臓がドクンと大きく跳ねあがった。

SNSのアイコンで見たからすぐにわかった。お尻まで伸びた、絹糸のように滑らかで真っ直ぐな黒髪ロングで、キリッとした美しい顔立ちをしている。

おしゃれ上級者しか使えないような、鮮やかな緑のアイシャドウを目もとにスッと馴染ませているロングワンピース姿の彼女は、常人ではないオーラを纏っているように見えた。

あの人が、里中アイリさん。吉木と一緒に山を登って、彼の一瞬一瞬を写真に残している人。

思わずそのオーラに圧倒されて入り口前で立ち止まってしまうと、バチッと里中さんと目が合ってしまった。

「こんにちは、よかったら見ていってください」

ガラスのドアを開けて外に出てきた彼女は、思ったよりも華奢《きゃしゃ》でかわいらしかった。私と宗方くんは誘導されるがままに中に入る。

床も天井も壁も真っ白な展示場に、青緑色をした山の写真が不規則に飾られている。

この空間全体でアートなんだと、漂う空気からひしひしと感じた。人物の写真は少なく、所々ぽつんと存在するだけだった。

作品の世界観に圧倒されて忘れてしまっていたけれど、吉木はここにはいないようだった。正直ホッとした、という気持ちが多くを占めていた。

「吉木いないね」

隣で、宗方くんが小声で呟く。数少ない人物写真の中には、カメラを睨んでいるような表情の吉木の写真が一枚だけあった。

その写真の前で暫く止まっていると、背後からジャスミンのような香りがふわっと漂う。

「吉木馨のこと、ご存知なんですか？」

後ろを振り返ると、そこには里中アイリさんが立っていた。突然のことに驚き固まっていると、宗方くんが私の代わりにあっさりと対応してくれる。

「そうなんです。高校のクラスメイトで、友達だったんです」

「そうだったんですか。高校生の彼、想像つかなくて笑えます。友達とかできないタイプだと思ってたので安心しました」

まるで、鈴を転がすような笑い声だ。私も一緒に合わせて笑うと、バチッと再び彼女と目が合った。

「馨に伝えておきますね。差し支えなければ、お名前お伺いしても？」

「ま、万里です」

反射的に思わず偽名を使ってしまった。しまったと思った時にはもう遅く、隣で宗方くんが微妙な表情で私を見つめている。

「俺は宗方です。彼に伝える時、よかったらこの番号に連絡くれって言ってもらえませんか？　たぶん彼、過去の連絡先消してると思うんで」

そう言いながら宗方くんが渡した連絡先は、とても見覚えのある番号だった。

それもそのはずだ。だってその番号は、宗方くんの番号でなく私の番号だったから。

驚き顔を見あげ口をパクパクさせると、宗方くんは意地悪くべっと舌を出した。

アイリさんは連絡先を受けとると、ニコッと微笑んで、承知しましたと頭を下げる。

「馨の数少ない友達ですもんね。確かに渡します」

お辞儀をしてから、アイリさんがこの場を去ってしまいそうになったので、思わず口から思ってもいない言葉が出てしまった。

「あの、吉木、クンは、元気ですか」

私のカタコトな質問に、アイリさんは一瞬きょとんとしたが、再び柔らかく微笑んだ。

「元気ですよ。万里さんも元気そうだったと、伝えておきますね」

「ありがとう、ございます」

かあっと熱が顔に集まっていくのがわかる。まさか自分の口からこんな質問が出るとは思わなかった。突然アイリさんに話しかけた私に驚いたのか、宗方くんも隣で少し目を見開いている。これ以上、静かにすべき場所で話すのも申し訳ないので、私と宗方くんは十分ほどで展示場をあとにした。

「会えなかったね、吉木と」

「宗方くん、私の電話番号勝手にっ」

「だって俺宛に吉木から連絡来たら、そのこと詩春に伝えるかめちゃくちゃ迷うもん。本当は会ってほしくないから」

電話番号を勝手に教えられたことを咎《とが》めたのに、宗方くんは想像していなかった返しをした。そのまま固まっている私に、彼は飄々《ひょうひょう》とした様子で言葉を続ける。

「不安要素は取り除いておきたいのが本音だけど、そんなことしたっていずれボロ出るし」

「宗方くんは、優しすぎだよ……」

「そりゃそうだよ。今、絶賛優しい男アピール中だから」

「そんなことしなくても、宗方くんが優しいの知ってるよ。部活の先輩にいじめられてた時、変な同情でクラスから浮かないように、遊びに誘ったりして助けてくれたじゃん」

そう言うと、宗方くんはそんなことあったっけ、と頭をかいて笑った。そんなことあったんだよ。キャンプも誘ってもらえて、本当に嬉しかった。

クラスのムードメーカー的な存在だった宗方くんは、いつも太陽みたいに笑ってた。

そんな宗方くんだからこそ、自分の過去を話せない。宗方くんとは、シリアスな話をせずに、今の私を見てほしいし、今この瞬間を一緒に楽しめる友達同士でありたい。

この距離感のままでいたい。そう思うことは、きっと彼を苦しめてしまうんだろう。でも、この気持ちが今の私の正直なところだ。

絶対に、変に期待をさせたり煽ったりして、傷つけたくない。だから私は、言わなきゃいけない。

「……あの、私、宗方くんのことを、恋愛対象として見ることはたぶんできない。ごめん」

思わず目をつぶって謝ると、彼はすぐにうんと頷いた。そのことに驚き顔を上げると、そこにはさっきと変わらぬ表情の宗方くんがいた。

「そうだろうなと思ってたから、全然大丈夫」

「え、宗方くん……」

「俺たぶん、まだ詩春のこと全然知らないんだよね。それでも好きって、なんかおかしいけど」

宗方くんの言葉にふるふると首を横に振ると、彼はふぅ、と小さなため息をついてから、笑いかける。

「変に気遣わなくていいよ。俺は、高校の時あんまり話せなかった詩春と、あの頃より話せてるだけで楽しかったりするから」

行こう、と言って、宗方くんが私の腕を引っ張る。その瞬間、頭の中に宗方くんが涙を流した映像が流れてきた。

その映像の中には、制服姿の吉木と宗方くんがいた。直近で泣いた映像といえど、結構昔の映像だ。吉木が、いつもよりずっと怖い顔をして宗方くんのことを責めている。もしかしたら、宗方くんが言っていた通り、悟さんのことで怒っている時のことだろうか。いや、まさか。

ノイズに紛れて上手く聞きとれない。ぎゅっと目を閉じて、吉木がなんて言っているのか集中して聞こうと試みる。口の動きと途切れ途切れの音に耳を澄ませると、ある言葉が聞こえてきた。

『お前がなんも知らないのは腹立つから言うけど、あいつもう少しで襲われてたぞ』

冷たく鋭い目つきで、吉木は宗方くんを射抜いていた。

自分の好きな奴、というのが、宗方くんの言ったとおり私だったのなら、やはりこの台詞からは悟さんの事件しか思い浮かばない。まさか吉木が、こんなふうに怒っていたなんて、知らなかった。

どん、と軽く宗方くんの胸を叩いて吉木が去っていく。そして、残された宗方くんが、虚しげに一言呟いた。『情けねぇ……』という言葉と一緒に、悔し涙のようなものが彼の目から一滴だけ溢れていた。

それから、『何でいつもあいつなんだ』というかすれたひとり言が、誰もいない教室に響いた。

そこまで見たところで腕は離された。知らなかった。まさかこんな過去があったなんて。久々に見た学校や、吉木と宗方くんの制服姿に、あの頃の思い出が急速に蘇って、鼻の奥がつんとした。

もうあの頃には戻れないけれど、私が知らずに取りこぼした思い出が、きっとたくさんあったんだろう。

言葉に詰まっていると、宗方くんは突然吹っきれたように話し始めた。

「なんて嘘。俺吉木のこと苦手だからそんなに会いたくないし、詩春に振られたのもめちゃくちゃ凹んでる」

私の方を見ずに、早歩きしながら暴露し始めた宗方くんに、戸惑いつつもほんの少し笑ってしまった。

彼は今、どんな顔をしているんだろう。

「吉木のこと嫌いだったのは、詩春と吉木の間に、他の人が割って入れないような空気があったから。あと、俺にないものばっか持ってたから。でもあいつ、急にいなくなって、いなくなったらいなくなったで腹立つし、なんなんだろうな。もっと前に決めてたことなら言えよって」

いつもの爽やかな口調とは違った、少し荒っぽい話し方で吉木の愚痴を言い始める宗方くん、そんな彼を初めて見た。知らないのは私も一緒だ。私もきっと、宗方くんのほんの一部しか知らない。少しだけ、本当の宗方くんを見られた気がして私は不謹慎にも嬉しかった。

そんな時、ふと昔、父に言われた言葉を思いだした。その人の本当の気持ちは、その人に聞かないとわからないんだ、って。

宗方くんの気持ちを、もっと知ってみたい。そう思って、私は軽率な質問をしてしまったんだ。

「宗方くんは、何で私と吉木が特別な関係かもって、思ったの？　吉木と私は、なんかこう、もっと不穏な空気だったと思うけど……」

そう言うと、宗方くんはピタリと突然足を止めて、気まずそうに私を見つめた。何か言うのを躊躇うそぶりを見せてから、でももう時効か、と彼は言い聞かせるように呟く。

そんなふうに間を作られると、変に心臓がざわついてしまう。でもそのざわつきは、次の瞬間すぐさま勢いを増した。

「吉木が詩春に対してやたら冷たい気がしたから、いつか聞いたことがあるんだ。何でそんなに冷たく当たるんだって。そしたらあいつ、〝俺の日常を奪った奴だから〟って言ってたんだよ」

日常を、奪った奴……。そのワードが、恐ろしいくらい胸に強く突き刺さった。

明らかに様子が変わった私に気づくことなく、宗方くんは全く違う解釈で話を進める。

「最初は何か恨みがあるのかと思ったんだけど、キャンプの時のやり取りや、詩春のことを助けたりした吉木を見て、いい意味で言ってたんだって、やっとわかった。日常が変わるくらい、詩春が特別な存在って意味だったんだよなきっと。あいつ分かりづらい言い方しそうだし」

とっくにわかっていたじゃないか、彼の恨みを買っていたことなんて。

だけど私は、なぜこんなにもダメージを受けているんだ。

彼は私のことをずっと恨んで、あの高校に入学してきたんだという事実が改めて身体にのしかかる。

どこかで私は、許されると思っていたんだろうか。

もう一度会ってあの時のことを謝れば、友達になれるかもしれないと、自惚れていたんだろうか。

あの時、プールサイドで確かに彼は言っていた。

俺とお前は、〝そう〟あるべきだって。

そうあるべきとは、二度と会わないでいるべきだということだったんだろう。

そもそも私達は、お互いを傷つけあう過去を持ちすぎている。

「詩春、なんか顔色悪い？　大丈夫か」

「あ、うん、ごめん大丈夫」

私は笑顔を取り繕って、早くカフェに行こうと彼を急かした。笑顔を貼り付けないと、自分を保っていられないと思った。

日常を奪うことは、幸せを壊すことだ。私の父は、そんな大罪を犯したんだ。

吉木の人生にこれ以上立ち入らないことが、せめてもの罪滅ぼしなんだと、私は胸の中に刻みつけた。

泣いてもいい

暗く、深く、冷たい。ずぶずぶと水の底に沈んでしまったようなこの感覚。

ああ、まただ。浮上した気持ちでいたけれど、足の鎖はまだあの市民プールの底につながっていたんだ。

結局私は、仄暗《ほのぐら》い水底《みなそこ》からしか、世界を見ることはできないのか。

人は簡単に変われないのか。誰もが一度は悩むこんな単純な葛藤《かっとう》が、こんなにも自分を苦しめていく。

このまま、沙子に励まされたことも、万里や宗方くんとの出会いも、仙崎さんに活を入れてもらえたことも、全部無駄にして、過去にとらわれてずぶずぶ生きていくんだろうか。

変わりたい。強くなりたい。

そう思うのに、どうしてこんなにも心が弱い。

自己嫌悪と後悔の繰り返しで、足もとがずっと覚束《おぼつか》ない。形のない不安と追いかけっこをしているみたいだ。

誰に好かれたくて、誰を大切にしたくて、生きているんだっけ。私は、誰に信じてもらえれば生きていけるんだっけ。

どうしたって切り離せない過去がある。そういう人は、どんなふうに生きていけばいいいんだ。

誰か教えて。誰でもいいから教えてよ。

『詩春ん、今日休み？　連絡待ってます』

一件の伝言メッセージを聞いたあと、私はスマホを静かにポケットにしまった。

初めて無断欠勤をしてしまった罪悪感で、胸が軋む。

私は、どこかに閉じこもりたい一心で、飛行機のチケットを取り、約二時間かけて高校時代の最寄り駅にたどりついていた。水着も何も持っていないのに、無心であの市民プールを目指してしまった。

人も疎らな駅で、改札を通り抜けると、懐かしい景色が広がる。

この場所は、自分にとって、もう近づいてはいけない場所のような気がしていた。何かマイナスな感情に引っ張られてしまう気がして。

ポケットの中で再びスマホが震えている。会社からだ。仙崎さんの信用さえなくしてしまっただろう。

心の中で謝りながら、私は駅の階段を下りてバス停へ向かった。

その時、ちょうど母校の制服を着た女の子とすれ違った。あの制服を着て、万里や沙子や宗方くん、それから吉木と通っていた学校を思いだして、どうしようもない焦燥感のようなものに苛まれる。

あの頃には、もう二度と戻れない。その事実が、やけにずっしりと胸に響く。

私は、スマホを取りだして、暗い気持ちのまま母に電話をかけた。


「こっちに帰ってくるのなんて、もう半年以上ぶりじゃない？　どうしたの急に」

「うん、ちょっと気晴らしに」

「もう、全然帰ってこないんだから」

駅まで私を迎えに来て、家へ向かってくれた母は、怒った様子で私のコートをハンガーにかけた。

気晴らしに、なんて嘘よくつけたなと、自分でも思う。

衝動のままに帰ってきてしまったが、まさか本当に市民プールに逃げるわけにもいかず、仕方なく母に電話したなんて知ったら、きっと更に怒るだろう。

久々に帰る実家は、リフォームしたせいなのか、自分の家じゃないような気がして落ちつかない。

やたらと綺麗になった対面式キッチンから、母の世間話が止まることなく聞こえてくる。私はそれに適当に相槌を打ちながら、これから一体どうしよう、という形のない不安に襲われていた。

東京にプールなんていっぱいあるのに、どうしてあの場所じゃないとダメなんだろう。

ここには思いだしたくない過去がいっぱい埋まっているというのに、どうして引き寄せられてしまうんだろう。

「あんた本当はどうして帰ってきたの」

「え、何いきなり」

「詩春が、目的もなく帰ってくるなんておかしいじゃない」

鋭い母の質問に、私は一瞬怯《ひる》んだが、もうここまで来て変な嘘をつく意味もないと思い、素直に答えた。

「なんか急に、あの市民プールで泳ぎたくなって」

「あの古いプールで？　東京にだっていっぱいあるでしょう」

「まあ、そうなんだけど……」

予想どおり、母は呆れたように笑った。それから、思いだしたように呆れた声のトーンのまま話し始めた。

「あのプールと言えばさ。家出して警察沙汰になったの覚えてるよね？」

「別に家出じゃないよ」

母親って、本当に忘れてほしいことばかり覚えているものだ。低い声で答えても、母は空気を読まずにずけずけと昔話を進める。

「あの時、クラスメイトの子が見つけてくれたのよね。確か万里ちゃんっていう子から電話があって……今もその子とは仲よくしてるの？」

あの日、プールまで駆けつけてくれたのは吉木だということを知ったら、母は一体どんな顔をするのだろうか。

きっと、青ざめて、言葉を失って、まだあの過去を私に思いださせるのかと、激怒してしまうだろう。

だから、あの日は万里に助けられたということになっていていい。これでいいんだ。こんなふうに、吉木の存在を口にしないようにすれば、いつか私も忘れられる日が来るだろうか。きっとこれでいい。私と彼の人生は、もう二度と交わらない方がいい。

頭ではわかっているのに、彼の顔や声や言葉を忘れられる気がまったくしない。

思わず、母を待っている間にコンビニで買った缶のお酒を一口飲んだ。甘ったるいカシスソーダの味がするだけで、まったくアルコールが感じられなかった。

私はもう、成人して、大人になったはずなのに、まったく成長できている気がしない。いつまでもいつまでも同じところを回っている、メリーゴーランドみたいな人生だ。どこにいても、どこに住んでも景色が変わらないような、そんな人生だ。

登山を始めてから変われるかもしれないと思っていたけど、そんなのは登っているその時だけで、下山したら当たり前のように日常が始まる。当たり前のように、いつもの自分に戻っている。

「詩春は昔から学校でのこととか、自分のこと話してくれないから、お母さんその時初めて友達の名前知ったわ」

お母さん、私、人の泣いた回数がわかる力を持ってるんだよ。知らないでしょう。

しかも、あの吉木と同じ高校に通って、キャンプまで行ったんだよ。

母の背中を見ながら、そんなことを心の中で唱えたら、なんだか虚しくなって、酒の甘さも感じられなくなった。

「ごめん、ちょっと外へ行ってくるね」

リュックを持って、私は静かに家を出た。一体私は、どこに帰ればいいんだろう。

新しいドラッグストアができただけで、景色はちっとも変わっていない。小中学校の記憶が蘇る道のりを歩いて、私はひとまずコンビニへと向かっていた。その時だった。ちょうど車から降りてきた女性と、バチッと目が合ってしまった。私はその女性を見た瞬間、全身が凍りついていくのを感じた。

「あれ？　あんたもしかして……」

眉を思いきりひそめて近づいてくるその人は、紛れもなく水泳部の先輩だった。ショートカットからロングのパーマ姿に変わっていた彼女だけれど、自分より弱い者を見た瞬間の、威圧感のある視線はあの頃のままだった。

棒立ちのまま、逃げることもできずに対面するまでの時間が、とても長く感じた。上から下まで私を舐めるように見た彼女から、ひしひしと私に対する恨みを感じる。

「あんたのせいで、人生ほんとめちゃくちゃになったから、いつか文句言ってやりたいと思ってたんだわ」

ドン、と一発私の胸を叩いた彼女は、私をそのままコンビニの壁に追い詰めた。人影の少ない場所に追いやられた私は、まさに蛇に睨まれた蛙のような状態だ。

「自宅謹慎になったせいで推薦は落ちるし、彼氏には振られるし、ほんと散々だったんですけど。しかもお前、辞めずに健気にそのあとも部活続けちゃってさあ」

「す、すみません……」

「言っとくけど、いつかお前のこと苦しめようと思って、お前の秘密握ってるからな、こっちは」

倉庫で叩かれた記憶が蘇り、全身が震え始めた。私の秘密を知っているなんて、そんなのひとつしか心当たりがない。

「父親、パワハラで人殺したんでしょ。しかも、殺した相手はクラスメイトの吉木の母親」

あまりの鋭さに、キーンと耳鳴りが聞こえた。こんなに面と向かって言われたのは初めてのことだった。冷や汗がどっと体から溢れでていく。立っていられない。

しっかりしろ、何か言い返せよ、自分。

「どんだけ他人の人生狂わせたら気がすむんだよ」

「わ、私は……」

「何？　なんか言い返すことあるわけ、犯罪者の娘のくせに」

私はぎゅっと目をつぶって、自分の胸に手を押し当てる。自分の心音を確かめて、なんとか気持ちを落ちつかせようと試みる。

負けたくない。ここで負けたら、昔の私と何も変わっていない。なのにどうして、自分を守る言葉が出てこない。悔しい。変わりたい。強くなりたい。この、負のメリーゴーランドみたいな人生から抜けだしたい。

ぐっと歯を噛みしめたその時、走馬灯のように過去の映像が頭の中に浮かんできた。

父が再婚したと聞いたあの頃、私は気持ちの整理がつかずに、深夜までプールに逃げこんでいた。消えちゃいたい気持ちになって、ずっと水の中を漂っていた。そんな私を見つけてくれた彼は、吉木は、私を強くする言葉をくれた。

ぽうっと、蛍の光が灯るように言葉が頭の中に蘇ってきた。

自分の人生を恨むばかりで、心の奥のどこかへしまわれてしまっていた言葉が、嘘みたいに胸の中に広がっていく。

——何で、こんな、お守りみたいな言葉、私はずっと忘れていたんだろう。

『お前は、誰かを傷つけたりしない』と、あの日吉木は、言ってくれたんだ。


それがどれだけ励みになったか、もう二度と会えない君は、知らないでしょう。

あの日君が、私を恨んでいたはずの君が、この言葉をどんな思いで言ってくれたのか、私には想像もつかないよ。

私は、一度深く呼吸をしてから、先輩の前でキッと顔を上げて言い返した。

「私は、誰のことも傷つけてません。だから先輩に恨まれる筋合いもありません」

「は、何言ってんの？」

「父と私は別の人間です。私の過去を言いふらしたければ、どうぞご勝手に」

目の前にいた先輩を押しのけて、私はその場から駆けだした。

先輩は、初めて刃向かった私に驚いた様子のまま、その場に立ち尽くしていた。

追われて殴られたらどうしよう。本当に言いふらされたらどうしよう。心臓はバクンバクンと大きく跳ね、尋常じゃないほどの冷や汗が出てきた。

落ちこんで籠もるためにここに来たのに、まさかこんな暴言を吐いている自分を想像できただろうか。自分の知らない自分がいたことに、私は激しく動揺していた。

勢いで駅から出てしまったけれど、このあとは一体どうしよう。もうプールにも行く気にはなれないし、実家に帰るつもりもない。

ひとまず時間を確認するためにスマホを開くと、知らない番号からの着信が一件と、留守番電話が入っていた。仙崎さんの番号は名前で登録しているから、彼女以外の人からの電話だ。

仙崎さん以外に、このタイミングでかけてくる人に心当たりがないまま、私は留守番電話を再生するためにスマホを耳に当てる。

ピーッという機械音のあとに、再生は始まった。それは、どこかで聞いたことのある、ぶっきらぼうな声だった。

『あー、よう、久しぶり宗方』

数年ぶりに聞く吉木の声に、頭の中が一瞬真っ白になった。

間違いなく――彼の声だ。

宗方くんが私の番号を自分の番号だと装ってメモを渡していたので、私宛に電話がかかってきたんだ。

『里中から聞いたよ。個展来たんだって？　最後気まずくなったまま高校辞めたのに、何でわざわざ来たんだよ』

　留守電さえ感じの悪い言い方に思わず笑ってしまいそうになる。吉木は今どこにいるのか、草を掻き分ける音がかなり入りこんでいた。

『あー、違う。そうじゃなくて、お前も登山してんの驚いた。俺今、地元戻ったついでに烏ヶ山に登ってるんだけどさ、ちょうどこれから山頂目指すとこ。今度タイミング合ったらそっちのサークルも合同で……行っ』

　そこまで言いかけた途端、突然吉木が呻き声を上げ、スマホ自体が土か何かに覆われたような音がした。そして、かなり大きい衝撃音がしたあとに、録音は途絶えてしまった。

「え、吉木……？　嘘でしょ……」

　もしかして、脆《もろ》い場所が崩落してしまったんだろうか。いずれにせよ、無音が続いてから通信が切れたので、吉木の意識も飛び、スマホが壊れるほどの衝撃があったということは理解できた。

　そこまで難易度の高い山ではないけれど、油断したら事故につながる可能性はある。身体の血の気がさあっと引いていくのを感じた。ツーツーという機械音が、ただただ耳の鼓膜を震わせている。

「救助隊に連絡した方がいいのかな……。ど、どうしたら……」

慌ててかけ直してみたが、もう彼のスマホにはつながらない。ぷつっと電話の切れた音がした瞬間、一気に不安に駆られた。

このままもし、吉木に二度と会えなかったら、私はきっと後悔する。会いたいとか会えないとか、会う資格がないとか会わない方が相手のためとか、そんなことを通り越して吉木のことが心配だ。

通話の切れたスマホを持ったまま、遠くに聳《そび》える烏ヶ山を見あげる。あそこに、怪我をした吉木がいるかもしれない。

ただの杞憂《きゆう》かもしれない。会える確信も全くない。でも、彼がもしこの世からいなくなってしまったら、私はきっと立ち直れない。

これ以上、自分の人生に後悔をしたくない。絶対に。

私は、私のことを助けに来てくれた吉木を思いだして、一歩足を踏みだした。

登山口までシャトルバスで向かうと、いつも遠くに見えていた山が目の前に現れた。急いで地元に戻って来たので、リュックの中身が登山用のままだったのが不幸中の幸いだった。宗方くんに教わったことを思いだして、私は山の中に入っていった。

熊笹《くまざさ》が、足もとどころか自分の腰の位置まで生い茂り、行く手を邪魔してくる。そこを抜けると、まだまだ緩やかなブナ林が現れ、暫く変わらない景色を登っていく。

天に向かって真っ直ぐに伸びていくブナは、美しい緑の景色の中に凛として立っている。GPSで自分がいる位置を把握しながら、一歩一歩確実に歩く。なんだか今にも雨が降りだしそうな空を見て、撥水加工のされたアウターを着ていて本当によかったと思った。

救助隊に連絡を済ませたものの、歩いていると、孤独と不安でどんどん精神がぐらついてくる。本当に吉木と会えるだろうか。彼は無事なんだろうか。私が行って助けられるレベルなのだろうか。

だけど今は、歩くしかない。私は自分の頬をバシンと叩いて、気合を入れ直した。その時、ぽたりと手の甲に冷たい雨粒が乗っかった。

「雨だ……」

銀色の空を見つめて、私は少しの間だけ目を閉じた。

この能力が自分の中に芽生えた理由を、ずっと探している気がする。

人の頭の上に数字が見えるようになったのは、告別式の次の日からだった。

山を一歩一歩登りながら、私はその日のことを思いだし始めた。

＊＊＊

「ねぇ、頭の上に、数字浮かんでるよ」

そう言った時の、あの、クラスメイトの引きつった顔を忘れない。

まだ小学生だった私は、皆にも見えていると思って言ってしまったんだ。最初は相手にされなかったが、次に言った時はついに友達を怖がらせて泣かせてしまった。教師は私の当時の家庭事情も鑑《かんが》みて、まるで腫れ物に触るかのようにしていたけれど、子供なりにそのこともなんとなく感じとっていた。

先生含め、少しずつ自分の周りから人がいなくなり、友人には陰で〝死神〟というあだ名をつけられていることを知った。

そのまま地元の中学に上がっても状況は変わらず、私に関する噂だけが先回りしていた。それでもなんとか見つけた友人の久美さえも、結局私のせいで傷つけてしまった。

その時、私は思ったんだ。この世から消えてなくなりたいと。

その方が、皆もきっと喜ぶと。

だけど、そんなことはできなかった。

あの告別式での出来事が、あの時の吉木が、『死んで楽になることはもっと許さない』と、目で訴えているようだったから。

そんな、罪滅ぼしのように生きて、ひたすら勉強して受かった高校に、吉木がいたなんて、今思うと笑ってしまうほどの運命だ。

「吉木馨です。理数学科です。よろしくお願いします」

第一印象は、利発そうな男子だな、というものだった。端正な顔立ちで、真っ黒な髪が美しかった。

生徒代表でぶっきらぼうに挨拶していた時も思ったけれど、少し冷たい瞳をしている。そんな、普通の男子高校生とは少し違う雰囲気の彼に、周りの女子が騒ぐのも納得がいくと思っていた。

でも当初は、そんなことを気にしている場合じゃなかった。とにかく目立たないようにして、普通の子になって、浮かないように努めなければ。そう思って何百回も練習した自己紹介を口にした。

「園田詩春です。早く皆と仲よくなれると嬉しいです。よろしくお願いします」

心拍数は尋常じゃないほど増えていた。足も声も手も震えていた。

過去を捨てるためにこんな遠い高校まで来たんだから、失敗するわけにはいかない。

誰も人の自己紹介なんてちゃんと聞いていないとわかっているのに、激しく緊張してしまった。

きっとあの時吉木は、「こいつがあの時の」と思っていたんだろう。そんなことも知らずに、私は顔を赤くしながら自己紹介をしていたんだ。

吉木は何をやっても優秀で、どこにいても目立っていた。

女子とはあんまり話さないところもその人気を煽っているようだった。

彼が高校を辞めずに進級していたら、きっと後輩たちも彼の存在に憧れていただろう。

そんな彼が突然高校を辞めて、学校内は騒然となった。学校では転校と言われていたので、一言もそれを告げなかった吉木に、彼と仲よくしていた友人たちは大きなショックを受けていた。これから想いを伝えようと思っていたのにと、泣いている女子もいた。

吉木は、わかっているんだろうか。こんなに自分の存在が、多くの人に影響を与えていたことに。そこにいてもいなくなっても人を振り回す存在だってことに。

まさかそんな君と、あんなにつらい過去のつながりがあったなんて、本当に思いもしなかったんだよ。

私たちにあの過去がなかったら、普通の友達になれたのかな。

もしかしたらの話を、何度も考えるよ。

それは、これからも君と関わって生きてみたいと、思っているからなんだ。きっと。

＊　＊　＊

ひとつひとつ、自分の気持ちを整理してみる。そういう時間を、きっと私は今まで取ったことがなかった。

一歩一歩山を登るように、焦らず着実に自分と向きあうような、そんな時間を取ったことがなかった。

この能力が芽生えてから、もう九年が過ぎていた。

人の涙が見えてしまう力を手に入れた代わりに、自分はどんなにつらいことがあっても涙を流せなくなってしまった。

吉木も、泣いた回数は一回と出ていたけれど、涙を流せない理由があるんだろうか。

知りたい。君のことをわかりたい。自分で吉木のことを恐れて拒否したくせに、よくそんなこと言うよと、罵倒されるだろうか。

もう遅いかな。わからない。でも足は止まらない。

「わっ……、痛！」

雨に濡れた苔で滑りやすくなり、岩場で足首をひねってしまった。もうすぐ吉木がいるかもしれない山頂エリア付近なのに、最悪だ。

私は、鞄からハンカチを取りだし、持ってきた水でそれを濡らした。湿布がわりに足首に巻いて、再びすぐに歩きだす。

会いたい。会って謝りたい。あの日プールサイドで拒絶してしまったことも、キャンプの日に何も知らないまま君に当たってしまったことも、君自身のことをわかろうと努力しなかったことも。

雨が冷たい。歩くたびに足首に痛みが走る。今君は、どこにいるの。

どうか生きていて。どうか生きていて。どうか生きていて。

痛みに耐えて歩き続けると、ようやく樹林帯を抜け、崩落箇所に注意が必要な山頂エリア付近に着いた。

山の向こうに夕日が沈みかけている。冷えこむ夜までに見つけなければいけない。私は気合を入れ直し、慎重に足を進めた。

明らかに傾斜がきつくなっている。息も上がる。

まだ緩やかな山しか登ったことがない私に、吉木を助けることができるだろうか。

そう不安に思った時、土が不自然に剥き出しになった壁面を遠くに見つけた。

今にもまた土が崩れ落ちてしまいそうなその場所に、蹲《うずくま》っている何かが見える。

もしかして。そう思って、私は今までにないくらい大きな声で彼を呼んだ。

「吉木ー！　いるの⁉」

反応はない。動かない。

私は慎重に足を踏みだして、一歩ずつ彼に近づいた。

間違いない、写真展で見た時と同じウェアを着ている。あれは吉木だ。

そこから先は、不思議と足の痛みが消えていた。全神経が、吉木を助けることに向いているせいだろうか。

そしてついに、倒れた吉木の元までたどりついた。

四年ぶりに見る彼は、瞼を閉じたまま動かない。でも心臓はちゃんと機能していることを確認できた。

私は彼の両腕の下に手を入れて、少しでも平らで崩落の危険がない場所へ引きずろうと試みる。

「大丈夫、絶対、助けるから……っ」

——吉木に触れた瞬間、彼が泣いた時の映像が土石流のように全身に流れこんできた。

あの日プールサイドで見た時と同じ映像だ。

告別式で、まだ幼い彼が私のことを罵倒している。恨みを全身でぶつけてきている。

「ううっ……あ」

心が、折れそう。胸が、千切れそう。痛くて、痛くて、痛くてたまらない。

それでも君に近づきたい理由はなんだ。

君に生きてほしいと願う理由はなんだ。

言葉にできないけれど、ひとつだけ確かなことがある。

君は私の、心の一部だ。

「吉木、起きてよぉ……っ」

言葉に押しだされるように、はらはらと涙がこぼれた。

九年分の涙が、今日のためにとってあったかのように流れ出て、彼の頬へと落ちていく。

彼の頬についた泥を溶かして、滑り落ちていく。

涙で景色が歪んで、吉木の顔がちゃんと見えない。

久々に泣いたせいで、涙をぬぐう動作も忘れた。ただでさえ薄い酸素もどんどん薄くなっていく。

それでも、私は呼び続けた。

「起きてよ、嫌だよ、吉木、吉木、吉木……！」

安全な場所に寝かせ、冷えきった頬に手を添えて、名前を呼び続けても目を覚まさない。

体の水分がなくなってしまうんじゃないかと思うほどの涙が、溢れでている。

走馬灯のように頭の中を駆け巡るのは、君との高校時代の思い出ばかりだ。

いじめられた時に助けてくれたこと、キャンプの時に追ってきてくれたこと、深夜のプールで私を見つけてくれたこと。

全部覚えている。絶対に忘れない。忘れるはずがない。

「吉木が……言ったんだよ……、人の気持ちは全部はわからないから、だから、人は誰かと一緒にいようと思うんだってっ……」

その〝一緒にいたい人〟が君だよ。

私バカだから、今ようやくわかったんだよ。

謝るからお願い、目を覚ましてよ。

たとえどんなに恨まれていようと、二度と会いたくないと思われていようと、かまわない。

神様、これ以上の願いはないです。本当に一生に一度の願いです。

吉木を、私の大切な人を、助けてください。


「お前、泣いてんの……?」

目をつぶって祈っていたら、ふと低い声が鼓膜を震えさせた。ゆっくり瞼を開けると、そこにはぼうっとした瞳で私を見つめている吉木がいた。

さっきまであんなに叫んでいたのに、声が喉に詰まって上手く出てこない。

「あ……、よし、き……起きたの……」

「何でここにいんの、訳わかんね……」

本物なのかと呟いて、吉木が寝そべったまま私の濡れた頬に触れてくる。まだ意識がぼんやりしているのか、吉木は私の頬を撫でたまま口を開く。

「俺、意識失ってたんだ……？」

「うん、私のスマホに留守電入ってて、それでここまで来たの……。宗方くんが教えたのは実は私の番号で……」

「うん、わかる。流れてきてるから、大丈夫」

「え……？　どういうこと」

そう問いかけると、吉木は私の手を握りしめて、今まで彼の背中に重くのしかかっていたものをそっと下ろすように、話し始めた。

「俺もお前と同じ、人に触れるとその人が泣いた映像が流れてくるよ」

——予想もしていなかった言葉に、頭の中が真っ白になる。

いったい、どういうこと？

吉木も私と同じ能力が、備わってしまっているということ？

「吉木も同じ能力を持ってるの……？」

「うん。だから見える。お前が山を登ってきて、さっきまで必死に俺の名前呼んでた映像が」

「うそ……、信じられない……」

じゃあ、プールサイドで抱きしめあったあの瞬間、吉木も同じような痛みを抱えていたの？

私の頭の上にも、同じように数字の「一」が見えていた？　泣きたくても泣けない日々を過ごしていた？

あまりにも衝撃的な告白に、理解が追い付かない。

告別式でのあの日あの瞬間、同時にこんなにも惨《むご》い能力が備わってしまっていただなんて。

「お前を追いかけてあの高校に行った理由は、それだよ。本当は、もしかしたらお前も同じ力を持ってるんじゃないかって、それを確かめたくて、会いに行ったんだ……」

吉木は私の目を見つめながら、ハッキリとそう答えた。

もしかして、あの日プールサイドで言いかけたことは、このことだったんだろうか。それを聞かずに私は、彼のことを恐れて突き放したんだ。

「何度も、能力のことを言おうとしてくれていたの……？」

後悔の涙が溢れでてきて、私はまた吉木の頬を濡らしてしまった。

……世界に、こんな能力を持っているのは、私だけだと思っていた。

永遠にこの能力に振り回されて生きていくのだと思っていた。

でも、ひとりじゃなかった。それがわかっただけで、信じられないほど安堵感が広がっていく。

「ごめん、ごめんなさい……、あの日最後まで聞かずに、吉木を恐れて……」

彼は何も言わずに、私のことをじっと見つめている。

「私の過去は変えられないけど、もう一度吉木に会いたいと思って、ここまで来てしまってごめん……」

ぼろぼろと、心の壁が剥がれ落ちていくかのように、涙が溢れていく。言いたいことはたくさんあったはずなのに、拙《つたな》い言葉しか出てこないよ。

「……俺、お前の実父のことは一生許せないから、お前ごと恨んでたのは本当」

泣いている私に、吉木は淡々とした口調で語り出す。

「うん……」

「でも、母が命を絶った理由は、きっとお前の実父のせいだけじゃないって、今なら少しわかる」

気づいてあげられなかった家族にも問題があったんだと、吉木は力なく呟いた。私は首を大きく横に振ることしかできなかった。吉木の手がわずかに震えていることに気づいて、胸の奥がぎゅっと苦しくなった。

「お前の気持ちなんか知ろうともせずに会いに行ったのに、想像してたよりずっとお前は能力と葛藤してたし、ずっと俺の言葉に苦しんでた……」

「吉木……」

「お前が、過去を忘れてめちゃくちゃ幸せだったら恨めたのに、それかお前が、人の痛みを知ろうともしないめちゃくちゃ性格の悪い奴だったら……っ」

そこまで言いかけて、吉木は私の後頭部に手を回して、自分の胸に押し当てた。あの日、プールサイドで自分の泣いた過去を見せた時のように。

それから、今にもすりきれそうな声で謝ったんだ。

「ごめん、もう、泣いていいんだ。お前も俺も、泣いて、笑って、泣いて、そうして、どうしようもない波のような毎日を生きていかなきゃいけない……っ」

その言葉を聞いて、今までどこか彷徨《さまよ》っていた自分の心が、痛みとともに、しっかりと胸の中にあることを実感した。

私の心は、意志は、この胸の中にある。生きていく。この痛みとともに、生きていくんだ。

できればそばに、君がいてくれたら心強い。でもそんなことは口が裂けても言えない。私は私の中に、この気持ちを大事に閉じこめて歩んでいく。

もう十分だ。もう十分すぎるほどの力を貰った。

人は、誰かの心の痛みに触れて初めて変われるのかもしれない。

どんなに怖くても、逃げたくなっても、向きあったその先に愛があると、信じてもいいだろうか。その希望に縋ってもいいだろうか。

「正直、ずっと憎むべき存在だったお前が、自分の中で、優しい存在に変わっていくのに耐えられなかったから、学校を辞めた。今まで、憎しみで自分を支えてきたから、どうやって生きていったらいいのか急にわからなくなった。お前を許すことは、母への裏切りのように感じて……」

初めて聞く吉木の本音に、胸が締めつけられる。

今までの葛藤がどんなに彼を追い詰めていたのかが、震えた声ににじみでていく。

「そんな半端な自分が嫌で、お前を許してしまう自分を許せなくて、山の中で意識が遠のいていく時、このまま消えてなくなってもいいかもしれないって思ってた」

吉木がこんなにも苦しんでいたなんて、知らなかった。彼に近づかなければ知れなかった。

告別式で泣き叫んでいた彼の顔が今、鮮明に蘇ってくる。

ああ、君も、まだ〝そこ〟にいたのか。

「なのに何でだよ、何でお前が、俺なんかに生きてほしいって泣くんだよ……。俺が死ぬかもしれないことで、何でそんなに悲しがるんだよ！」

彼の心臓の音が、どんどん速まっていく。私の頭を押さえつける力が強まっていく。私は次の言葉で彼が壊れないように、ぎゅっと強く抱きしめ返した。

「何で、そんな単純なことで、涙が出てくるんだよ……」

見えなくても震えた声で分かる。彼は今、泣いている。

どうして、大切な人の弱さを知った時、どうしようもないほど愛しい気持ちで溢れてしまうんだろう。

切なくて苦しくて愛おしい。

君のことを守ってあげたい。今、強く強く、そう思ってしまった。どうしようもないほど、君のことを愛おしく思ってしまった。

君が好きだ。泣きたくなるほど。

「吉木が生きててよかった……。出会ってくれて、ありがとう……っ」

どうか、弱さを見せてください。痛みを分けてください。笑ってください。幸せでいてください。抱きしめさせてください。

君は、私にとって、そんな思いにさせる人だ。

きっともう、一生こんな人には出会えない。

もし生まれ変わって、また君に会えたら、この気持ちを伝えてもいいだろうか。

「……そんなに、泣くなよ。俺、ここにいるから」

そう言って君は、私の涙を指の腹でぬぐった。私も、同じように彼の涙に触れた。温かい。

忘れていた。涙はこんなにも温かいものだったんだ。

幸せになってほしい。心からそう思う。でもそんなことを、本来恨まれるべき私が口にするのはおかしいから、心の中で強く願ったんだ。

「吉木、ありがとう……」

私達に、この能力が芽生えた理由はなんだろう。もしその理由が、お互いの傷を忘れないためなのだとしたら、私達の絆を深めたのもその〝傷〟だった。

幼い頃の吉木を傷つけてしまった私と、私に対してあの日言ってしまった言葉をずっと後悔していた吉木。本当なら、もう取り返しのつかない傷となって終わるだけだった。

でも、この力が私たちを再び出会わせた。そう思うと、ほんの少し、この能力を恨まずにすむ気がするよ。

私たちは、触れるたびにこの日の涙を思いだすんだろう。少し切ないけど、悪くない。君の心の核に触れられた日を、忘れたくないから。

「ごめん、まだ涙が止まらない……」

ぽつりと呟くと、吉木は少しだけ目を細めた。雨と涙が混じっていく。冷たい身体を少しでも温めるように彼の背中を優しくさする。

私達は、お互いの涙が涸れるまで、強く強く抱きしめあった。

突然救助隊と一緒に家に帰って来た私を見て、母と文隆さんは膝から崩れ落ちるほど驚いていた。

私はかすり傷程度だったけれど、帰省した時の私の様子がどこかおかしいことに気づいていたようで、かなり軽装で山を登った私を見て、何かよからぬ勘違いをしたらしい。

吉木はすぐに病院に向かったけれど、私はそのままひとり家に帰ることとなった。

救助隊の人たちにお礼を伝えると、私たちは向かい合うようにダイニングチェアに座る。

沈黙も流れないまま、母親が怒り狂った声をあげた。

「突然連絡が来て、驚いたわよ……。山で遭難しかけたところを助けてもらったなんて。しかもそんな軽装で、危機感なさすぎよ！」

「お母さん、心配かけてごめん。でも、自殺とか考えてたわけではないからね……？」

「当たり前でしょう！」

ドンッと母親が思い切り机を叩いて、机上に飾られていたお花が花瓶ごと揺れた。

一緒に遭難しかけた友達が吉木だと知ったら、多分母親は壊れてしまうだろう。

文隆さんはそんな母親の背中をさすりながら、少し悲しそうに眉を下げて笑った。

「詩春ちゃんは、高校より大学の方が楽しいかい？」

「いや、そんな……」

「ずっと本心を聞くのが怖かったけど、僕たちと離れた場所でひとり暮らしする方が、詩春ちゃんは生きやすいのかな」

文隆さんの言葉に、私は俯いたまま押し黙る。

母親は、ぐっと唇をかみしめて、必死に怒りの感情を抑え込んでいるようだった。

「詩春ちゃんが今日助けに行ったお友達は、大切な子なんだね？」

文隆さんの言葉に、私はゆっくりと頷く。

相手が誰かは言えないけれど、ここまで心配をかけてしまったのだから、素直に話さなくてはと思う。

こくんと頷いた私を見て、母親は「詩春にもそんなに大切な人がいたのね」とぽつりとつぶやいた。

「詩春ったら、高校三年生になってから、全然学校のことも話してくれなくなって、大学も都内しか受けないって、急に相談もなく伝えてくるし……」

「お母さん、ごめん……」

「心のどこかで、いつか詩春は自分から離れてどこかへ行っちゃうんじゃないかって、二度と帰ってこなくなるんじゃないかって、何度も思ってた……。山で遭難しかけたと聞いて、一瞬最悪のことが頭をよぎったわ。詩春はたまに、色んなことを諦めるような顔をしていたから……」

「え……」

「自分の娘との距離感がわからないなんて、情けなくて誰にも相談できなかった……」

母の目がどんどん赤くなり、ついにぽろっと涙が零れ落ちる。

隣にいる文隆さんの目も、わずかに充血していて、私はものすごく動揺していた。

自分の親が、そんなことを思っていただなんて、全く知らなかった。考えたこともなかった。

実父の話は永遠にタブーで、私たちはそのことに一切触れずにこれから生きていく。

そう思っていたからこそ、私は母との間に壁を作っていたのかもしれない。

母は、はなを啜《すす》りながら、ほとんど泣き叫ぶみたいに本心を吐き出した。

「前田の再婚を知って動揺したあの日。〝自分の汚い血を分けることを罪だと思わないのか〟なんて、詩春の前で言ってしまったこと、ずっとずっと、ずっと後悔していたっ……」

「お母……さん」

「詩春が生まれてよかった。よかったのよ……それなのに私……っ」

ごめんね、と、消え入りそうな声で謝罪をされた。

そうか。あの時の言葉を、母はずっと後悔し続けて生きていたのか。

私が生まれてよかった、という言葉を聞いて、思わず涙腺が緩む。

〝人殺しの子供〟と言われるたびに、自分は汚い存在で、生まれてこない方がよかったんだと思う日があった。

一生、落とすことのできない血にまみれているようで。

それを隠して誰かと関係を築くことは、その人をだましているようで。

お母さん、私、ずっと言えなかったことがあるよ。

今更だけど、吐き出してもいいかな。

「ずっと、つらかった……」

ぽろっと、涙と一緒に言葉が零れ落ちる。

私の小さな小さなその一言を、母も文隆さんも、聞き逃さなかった。

押さえつけてきた数年分の思いが、たった一言に凝縮されていく。

「つらかった……。偏見との闘いの日々で、ずっと、つらかった……」

「詩春……っ」

「〝私は犯罪者じゃないよ〟って、いつも、心の中で叫んでた……っ」

母がガタンと立ち上がり、私の元へ駆け寄って、ぎゅっと頭ごと抱きしめてくる。

文隆さんも、そんな私と母の肩を抱いてくれた。

私から見た父と、母から見た父。きっとそれば、別人のように違ったんだろう。

子供にはわからない方法で、父は母のことも追いつめていたんだろう。

私はもう、そのことに触れるつもりはない。

傷を蒸し返すことが、次のステップにつながるとは限らないから。

母は、震えた声で、でも力強く、私にある言葉を言い聞かせた。

「受け止めよう、一緒に。受け止めて、生きていこう。ひとりじゃないからね、詩春は。ひとりじゃない……。お願い、それだけは絶対に、忘れないで……」

「うっ……ぅ」

「大事なの。詩春が、この世で一番、大事なの。もしあなたを傷つける人がいたら、絶対に許さないくらいに」

母とこんな風に触れ合ったのは、いったいいつぶりだろうか。

それくらい、私は母と距離を取っていたんだ。

自分のことに精一杯で、母の気持ちなんて、全く想像できていなかった。

ひとりじゃない、というシンプルな言葉が、胸の奥底に優しく広がっていく。

文隆さんは、私の肩をさすりながら、優しく言葉を添えてくれた。

「詩春ちゃん、何があっても、詩春ちゃんの〝居場所〟は僕たちが守るからね」

「文隆さん……」

「どこにいても、何をしてても、詩春ちゃんの居場所は、僕たちの間にある。それが〝家族〟だからね」

優しい微笑みに、私はこくんと頷くことしかできない。

こんなにも深く、私のことを大切に思ってくれている人がそばにいたんだ。

私は、久々に家族の体温に触れながら、下手くそな涙を流した。

つらかった。それを知ってもらえただけでよかったなんて、知らなかったよ。

たったそれだけで、知らず知らずに分厚くなっていた壁が、スーッと消えていく気がした。

私は、いつの間にか少し細くなっていた母の腰に手をまわして、子供のように泣いたのだった。

約束

九年ぶりに涙を流したあの日から、なぜか能力が消えていた。

家族と抱きしめあったのに何も読み取れないことに気づいたのは、少し後の話。

理由は、まったくわからない。

山を登る前に呼んでいた救助隊に助けてもらった私達だけど、実は、あの時普通に会話できたのはほとんど気力のおかげだったと言えるほど、吉木の体力は低下していたらしい。しかも足首の骨を折っていたようで、暫く入院することとなった。

そんな、あまりに怒涛《どとう》の日々だったのですっかり忘れていたけれど、気づいたら人の頭の上に数字が浮かんでいないことに気づいた。

もちろん、人に触れてもその映像を見ることはできない。

そして今、私は吉木のお見舞いに来たついでに、そのことを確かめようとしている。

「吉木、開けてもいい」

ミントグリーン色のカーテンの前に立って、吉木のシルエットにそう問いかけると、「ダメ」という言葉が返ってきた。一体何がダメだというんだ。

怪我をしているときにまで悪態をついてくる彼に呆れつつも、私はカーテンを無理やり開けた。

「ダメっつったじゃん」

「ご、ごめん」

そこには、上半身着替え中の吉木がいたので、私は慌ててカーテンを閉めた。

慌てている私とは反対に、全く動じずに白Tシャツに腕を通す彼の動きが見える。

暫く松葉づえ生活になる彼の足は、ピンと包帯で固定されているのが一瞬だけ見えた。

「いいよ、開けて」

「すみませんでした……開けます」

「お前さ、これ俺とお前の立場逆だったらどうすんだよ」

「だって、吉木がいつも天邪鬼《あまのじゃく》みたいな発言するから」

俺のせいにすんなし、と、空のペットボトルで頭をぽこんと叩かれた。

丸椅子にそっと座りながら、彼の痛々しい足をじっと見つめる。

実はあの時の吉木は脱水症状も起こしていて、私が見つけなければ本当に危ない状態だったらしい。今こうして、無事に話せていることを、本当によかったと心から思う。

「花、届いてるね。お父さんから？」

「そんなわけねぇだろ。もうほぼ縁切ってるし。サークルの部員からだよ」

窓際に置かれていた綺麗な生花を見て問いかけると、吉木はぶっきらぼうにそう答えた。

知らなかった事実に思わず押し黙ってしまうと、吉木は気まずい顔すんな、と更に冷たい言葉をかけてきた。

「元から家庭も崩壊しかかってたんだ。父親と一緒に食事したことなんか、母が生きてる時でもあんまりなかった」

「そうだったんだ……」

「俺が高校辞めたタイミングで単身赴任になったしな。自殺の噂を断ちきるために転勤希望して再婚して、吉木という苗字に変えて、新しい妻と大阪にいることくらいしか知らない」

淡々と話す彼の横顔からは、相変わらず感情が読みとれない。カーテンから漏れた日光が、彼の黒い髪の毛を透かしている。

吉木の父や、私の母が、今私たちが会っていることを知ったらどうなるだろう。

まだ、怖くてそんなことは考えられない。きっと親族の誰にも、友達になることすら許してもらえないだろう。

吉木は今、どんな気持ちなんだろう。私のことを、どんな存在だと思っているんだろう。

聞きたいことは山ほどあるのに、いつもこの横顔を見ると言葉が出てこなくなってしまう。

「数字」

ぼうっとしてる私の頭の上に、ぽんと彼の大きな手が置かれた。

「数字、見えなくなった？」

「あ……、うん、そうなの、やっぱり吉木も？」

涙を取り戻したら能力が消えるなんて不思議だ。

神様は、私達にどうしてこんな力を与えたんだろう。

その答えはわからないけれど、この力がなければ吉木と交わる人生を歩んでいなかったことは確かだ。

「何でだろうな。触れても見えてこない」

「うん、本当に、いつの間にか消えていたから……」

「俺も。条件としてふたりとも同じなのは、あの時涙を流したってことだけだよな」

「どうしてそんなことが、能力を消す条件だったんだろう……」

涙を流すことで、涙の回数が見える力が消えた。それは、誰かを想って泣くことを思いだしたから、人の痛みを数字で知る理由がなくなったということだろうか。

こんな仮説を吉木に話したらきっと、「そんな綺麗な話あってたまるかよ」と吐き捨てられるだろう。

「誰かを想って泣くことを思いだしたからとか、そんな仮説立ててんじゃねぇだろうな」

「え、私今、口に出してた？」

慌てて口を手で塞ぐと、呆れたような目つきでため息をつかれた。

「まだ、お互いの傷を忘れないためっていう理由の方が、俺達だけにあの瞬間この力が芽生えた理由として納得がいくよ」

「うん、それは、私も思う……」

「俺とお前が再び会うことだけが条件だったのなら、高校生の時点でこの力は消えていた。だから、どう考えても、引き金はあの山の中での涙だってことは確かだ」

「そうだよね……。今まで泣きたくても泣けなかったのに、どうして……」

眉根を寄せながら考えこんでいると、吉木がじっと私の顔を覗きこんできた。何、と返しても、吉木は私の目を見つめることをやめない。

「死んでもいいと思ったこと、あんの？　お前も」

突然の質問に、私は思わず固まってしまった。冗談で聞いているのかと思ったけれど、まったくそんな雰囲気ではない。

死んでもいいと思ったこと。そんなふうに直接的に言葉にしたことはなかったけれど、それに近い感情を抱いたことは、確かにあった。

犯罪者の娘だと噂され、更にこの能力のせいで友人がひとりもいなくなった時、私は世界の隅っこに弾かれた気持ちになった。

「私が消えても、世界は何も変わらないと、そんなふうに思ったことはあったよ……」

ぽつりとそう呟くと、吉木は一瞬悲しそうに睫毛を伏せて、ふぅんと声を漏らした。それから、語りだすように静かに口を開いた。

「俺、母の告別式の時にお前に叫んだ言葉、一度も忘れたことないよ。一語一句覚えてる」

「え……」

「お前は何も悪くないのに、あの時は恨む対象を見つけなきゃ自分を保っていられなかったんだ」

吉木は、自分のことを話すとき、必ず睫毛を伏せて話すんだ。その睫毛の影が頬に落ちるのを見ると、なんだか胸が苦しくて、苦しくて。

吉木の口から語られる、私のトラウマだった過去は、彼にも同じくらいトラウマを植えつけていたのだ。

「お前に触れることが怖かった。だって、お前に触れることは、あの日の涙を、深い傷を、お互いに思いだすことになるから」

そうだ。もしあの能力が消えなかったら、私たちは触れるたびに深い傷を思いだしていた。

触れるたびに、私たちの心は砕かれてしまっていたかもしれない。

でも、それでも、私たちは触れあって、あの日の涙を思いだした。たとえどんなに張り裂けそうに痛くても、つらくても、思いだしたくなくても。

「うん、私も、怖かった……」

お互いの傷を分かちあって涙を流すこと。それが唯一、私たちの距離をゼロにする条件だったのかもしれない。

「でもあの時、吉木を抱きしめることができて、よかった……」

ぽつりとそう呟くと、吉木は何とも言えない切なそうな、苦しそうな表情をして、また私の頭に手を置いた。その手の重みが、泣きたくなるほど私の胸の中を穏やかにさせていく。

「俺、この怪我治ったら、休学届出して暫く海外に行こうと思う。登りたい山があるんだ」

「そうだったんだ。じゃあ、ちゃんと治さなきゃだね」

「そうだな」

病室が、急にしんと静まり返った。

吉木が遠くへ行く。今まで全く会っていなかったくせに、寂しいと感じているなんて私は馬鹿だ。吉木がそばにいないことが日常だったのに。

「俺は何かあったら山で死ぬかもしれないけど、お前は元気に生きてろよ」

寂しさを感じて黙っていると、吉木はとんでもないことを言ってのけた。あまりに勝手な言葉に、私は少しムッとしながら返す。

「何それ、すごく無責任な言葉だね」

「はは、確かにな」

でも、その瞬間、吉木は初めて私の前で笑ったんだ。

その笑顔を見たら、今までの胸を締めつけていた苦しみが、嘘みたいに解《ほぐ》れていくのを感じた。

だから、今までにないくらい素直な気持ちになってしまって、気づいたら吉木の手に自分の手を重ねていた。

そして、真剣な目で彼を見つめて約束事を口にする。

「生きて帰ってきて。必ず」

そんなことを言われるなんて、予想していなかったのか、彼は一瞬目を丸くした。かまわずに、私はストレートな言葉を続ける。

「約束だよ。待ってるから」

「なんだよそれ……」

吉木は、力なく笑って、それから、また睫毛を伏せて小さな声で呟いた。

「そんな言葉、人生で一度も言われたことねぇよ」

……私達は、とてもとても弱い人間だ。

誰かに必要にされないと、大切な誰かがいないと、簡単に孤独を感じて消えたくなってしまう。

自分の帰りを待ってくれている人がいる。それだけで、君の世界がほんの少しでも明るくなるのなら、私は何度だって言葉で伝えよう。

待っている。君の帰りを待っている。

君が世界の果てのどこに行こうとも、ここで待っているよ。

「わかった。待ってろ」

「ちゃんと教えてよ。帰ってくる日」

「でも条件がある。俺のことなんかに一切罪悪感抱かずに、お前はお前の人生を勝手に歩めるのなら、俺を待っててもいい」

「何、それ。吉木のことほどほどに忘れて待ってろってこと？」

「そうだよ。お前の人生をこれ以上縛りつけたら、こっちが責任感じてつらい」

「すぐそうやって、突き放すこと言うね」

呆れた声を出した私だが、重ねた手が少しだけ震えていることに気づいて、迂闊《うかつ》にも涙が出そうになってしまった。

もし、君が日本に帰ってきて、本当に私の元へただいまと言いに来てくれるのなら、その時はこの手を力強く握ってもいいのだろうか。

その時の関係性が、友達以上の関係だったらいいなんて、そんな大それたことは望まないから。

もうこれ以上近づこうとは思わないよ。だって君は、私の未来に関して、他の誰かと上手くいくことを願っているように思える。私もそう思う。お互いの過去はなくならないし、ずっと一緒にいたらつらいことがきっとあるだろうから。

私達は今、近づいてもいい許容範囲で、一番ギリギリのところにいるんだろう。

吉木が、私を突き放すようなことを言ったのは、まだまだ私たちの気持ちや未来が不安定で、過去というフィルターを通してでしか世界を見たことがないからなんだろう。

私が彼の世界に存在し続けることは、きっと視野を狭めてしまうし、将来を見据えるにあたってお互いいいことじゃない。

「……大丈夫。ちゃんとこれから色んなことを自分で選んで、生きていくよ」

落ち着いた声で、しっかりと答えた。

君の存在がどんなものなのか、言葉にするのは怖いよ。

これ以上近づくことは君の負担になる。

でも、君のことが大切だと、それだけは伝えてもいいだろうか。そんな日がいつか、やってくるだろうか。

君は、私のことをもう憎んでいないのだろうか。どうしてこんなに優しくしてくれるんだろうか。どうしてあの時泣いてくれたんだろうか。

君を愛しく思うたびに、怖くて確認できない問いかけが、胸の中に溜まっていく。

「いつかさ、一緒に山を登って、グリーンフラッシュを見られたらな……」

「そんな簡単に見られるもんじゃないけどな」

「……うん、それでも。いつか。死ぬまでに」

「迷ったら置いてくからな」

「はは、鍛えておくよ。足引っ張らないように」

幸せになれる光を、君と一緒に見てみたいんだ。君の隣で見ることに、意味があるんだよ。

なんて、そんなことを思って、ごめん。

好きになって、ごめん。

でも、君が大切なんだ。失うことが怖いんだ。

声に出して言えないから、私は胸の中で何度も何度も叫んだ。

重ねた手から伝わる温度を、忘れないようにしよう。芽吹いた気持ちは胸の中にしまって、
私はゆっくり目を閉じた。

彼の足が無事完治して、桜の季節がやってきた頃、彼は宣言どおり私の前から消えてしまった。

美しい世界

「園田さん、B社の藤木《ふじき》さんからお電話です」

「ありがとう、八八七五です」

自分の内線番号を伝えて、私は受話器を取った。

社会人になって三年が過ぎ、周りの友人たちが徐々に結婚をし始めた頃、私は仙崎さんのいる会社にそのまま正社員として勤めていた。

今は架電の営業は行わず、主に宣伝部で働いている。仙崎さんは瞬く間に昇進していき、今は宣伝部の部長としてバリバリ働いている。

「詩春ん、お昼一緒行こうか」

資料を提出しに行くと、ちょうどお昼の時間帯だったこともあり、仙崎さんにランチに誘われた。

独身主義者だと思っていた彼女は、最近突然結婚して周りを驚かせた。

私は財布と上着だけ持って、ふたりで一階へエレベーターで下りる。学生の頃から数えると、仙崎さんと出会ってもう五年あまりが過ぎていた。

「パスタが美味しい店でいい？」

「いいですね。お腹すきました」

オフィスから少し歩いた、路地裏にある洋食屋さんに入ると、席に着いた仙崎さんはすぐにタバコに火を灯す。

「はー、結婚しても別居って、まだそんなことで騒がれる時代なのが悲しいよ」

「まあ、結婚のイメージが固定化されすぎてると、驚くかもしれませんよね」

「大切にしたいと思うのは変わりないのに、ちょっと離れて暮らしてるだけで親戚がワーワー言ってきてさあ」

自由人の仙崎さんは、結婚してからも自分のやりたいことに真っ直ぐで、お互いの仕事を邪魔しないために、円満な別居婚を選択している。そんな彼女はいつまでも輝いていて眩しいくらいだ。

「そういえば、馨、二年ぶりに帰ってくるんだよね？」

「あ、そうです。今日会いますよ」

それから、最近驚きの出来事があった。

仙崎さんはまさかの吉木の叔母で、彼女が過去に言った〝うちの甥っ子〟とは吉木のことだったのだ。

そのことが偶然発覚した時、世間の狭さに驚いたとともに、やはり私と吉木は切っても切れない運命の中で生きていたのかもしれない、と思った。

偶然選んだバイト先で、偶然彼の叔母が働いていて、偶然私の上司になるだなんて、ありえない確率のこと。驚くよりも、ゾッとしたという方が抱いた感情に近いかもしれない。

私の過去を知られたからには、もう仙崎さんと今までどおりに話すことはできなくなるのかと、とても怖くなった。

告別式で私が吉木に突き飛ばされた日のことを、彼女は覚えていたのだ。

仙崎さんもあの時の娘が私だとは知らなかったようだけど、吉木の話をした時に『まさか』と思ったらしい。

あの頃は、私に対しては憐《あわ》れみの気持ちが強かったと言うけれど、今の私を見てそんなふうには思わないと言う。

「言っといて。そろそろお前も山ばっか登ってないで人との関わりも大事にしなって」

「はは、またブロックされますよ」

吉木は、今は世界的にも有名なクライマーになって、そのルックスも話題となり多くのスポンサーがついている。〝金回りがいいから〟と、最近はモデルのような仕事もしているらしい。

この間も雑誌で彼のことを見かけて、なんだか遠い存在に感じて不思議な気持ちになった。いつも危険と隣合わせの挑戦をしている彼は、各国を飛び回っている。

「あいつも、本当に丸くなってよかった。昔のあいつは不安定で手がつけられなかったから。今の職業も性《しょう》に合ってるんじゃないかな」

「そうですね……、今回も無事帰ってこられてよかったですね」

「詩春んさ、あいつが何で山が好きか知ってる？」

突然の質問に、私はお冷を飲む手を止める。

そういえば、山登りにハマッたきっかけは何だったのか聞いたことがない。

「え、そういえば知らないです」

「母親が……靖子《やすこ》姉さんが亡くなってから、一度烏ヶ山に連れていったことがあるんだ。あいつ中学時代半年くらい引きこもってて、見てられなくなって連れだしたんだ。最初は乗り気じゃなかったふうなのに、登りだしたらどんどん真剣になってさ。頂上着いて雲を見下ろした時、あいつ何て言ったと思う?」

「き、綺麗とか……?」

ありきたりな答えを返すと、仙崎さんはふっと小さく笑った。

「〝黄泉《よみ》の国に来た時みたいに、半分死んでるみたいで、気持ちいい〟って。〝生きるために帰ろうと思えるから、目が覚めた〟って言ったんだ」

予想とは全く違う回答に、私は思わず押し黙る。驚いたまま固まっている私を見て、仙崎さんは呆れたように笑った。

「だからあいつは、生きることを実感するために登ってるんだ。だからいつも真剣だし、絶対に無事に帰るという気持ちが強い」

「まさかそんな理由とは……」

「いちいち実感しなくても生きていけるようになるといいなと、叔母は願ってるけどね。まあ、そんなふうになってしまったのは、度が過ぎた放任主義の父親のせいだな」

仙崎さんは、そうしみじみ呟いてから、お冷を飲んだ。

仙崎さん曰く、吉木は元々父親との仲が悪く、もうほとんど絶縁状態らしい。吉木はそのことについてあまり話してくれないけれど、いずれ彼が話したくなったら、聞いてあげたいと思う。

私はまだまだ、吉木のほんの一部しか知らないんだろう。

でも今はそれでいいと思っている。こうして生きている限り、これからの吉木を知ることができるから。

「仲よくしてやってね。あいつ、本当に友達少ないからさ」

「はい。任せてください」

「そういえば、宗方くんと別れたって本当なの？」

「えっ、そうですね、つい三カ月前に……」

突然話題が変わってむせそうになったのをなんとか堪える。

宗方くんとは、二年ほど付きあって最近別れた。別れたというより、やっぱり友達同士に戻ることになった、という方が正しい。

一緒にいることは心地よかったけれど、本当に普通の友達といるようで、私達はそれ以上の関係になれなかった。

過ごした時間は無駄ではなかったけれど、一緒にいる関係性が恋人でなくてもいいと、どちらともなく気づいて自然と別れた。

そういえば、別れたことをまだ吉木には言っていない。付きあうことを報告した時は、どうでもよさそうな感じだったけれど、今度はどんな顔をするだろうか。

「まあ人生長いし、ゆっくり相手見つけな」

「はい、頑張ります」

パスタが目の前に運ばれてきてからは、私たちは仕事の話や仙崎さんの夫の話に花を咲かせた。

何でもないこんな日常が手に入る日が来るなんて、思ってもみなかった。きっと、高校生の時の私が今の私を見たら、驚くだろう。

＊　＊　＊

吉木との待ち合わせ場所は、なぜか目黒川《めぐろがわ》だった。桜が見たいという彼の要望があったためだ。

日本に戻ってきたばかりの彼とは、二年ぶりに会う。

山で遭難しかけてから退院したあと、一年間留学した彼は、ちゃんと私に連絡をよこして、無事に帰ってきてくれた。

そして大学を卒業してからプロ活動を本格的に始め、その後も日本と海外を行ったり来たりの生活だ。

もちろん頻繁に連絡を取るわけではないけれど、もう彼と会うことに緊張はしなくなったし、特別おしゃれもしていない。

すでに屋台もお店も閉まった時間帯だったので、目黒川はそんなに混んでいなかった。

橋の上で桜を見あげながら彼のことを待っていると、まだ息が少し白いことに気づく。

春だけど、夜はまだ少し肌寒い。街灯に照らされた夜桜が、綺麗な花筏《はないかだ》を作って川の遠くまで咲き誇っている。

その景色に見惚れていると、ふと隣にやってきて、同じように桜を見あげる人がいた。

「久しぶり、元気？」

「はは、普通顔見ながら言うでしょ」

ネイビーのトレンチコートを着た吉木は、少しだけ笑って、改めて私の顔を見て「ただいま」と言ってきた。

やたらと大人っぽくなった彼は、色んな仕事を経験したお陰か、前よりも少し取っ付きやすくなったと思う。

「詩春は能力失ってから、全く生活に支障はない？」

「うん、ないよ。仕事で、この人泣くことあるのかってくらい冷徹な人に会った時は見たくなるけどね」

吉木の質問に笑って答えると、彼も同じように笑った。

「まさか詩春が千種《ちぐさ》の下で働くなんてな。世間狭すぎ」

本当にそうだ。能力も消えて、彼の叔母の部下として今働いているなんて。

人生本当に何が起こるかわからない。こんな未来、昔の私にもし無理やり想像しろって言ったって、できなかっただろう。

あんまりにも彼が隣で安心しきったように笑うので、違う表情を見たくなって私は急な話題を出した。

「そういえば私、宗方くんと別れたんだ」

「はあ？」

近況を告げた瞬間、吉木は思いきり怪訝そうな表情で私を見つめた。

宗方くんと付きあうと報告した時と同じ顔をしていて、私はそのことに噴きだしてしまった。

「おい、笑ってんなよ。理由は」

「友達の関係の方が、お互い幸せなことに気づいたの」

「はあ？　なんだよその抽象的な理由」

吉木の眉間のしわがどんどん深くなっていく。やばい、結構本気で怒っている。でもそんなふうに言われても、ダメだったのだから仕方ない。

「付きあっても不機嫌になるし、別れても不機嫌になるんだね、吉木は」

「当たり前だろ、真剣なんだよ」

「はは、真剣って、何に」

「お前の幸せにだろ」

あまりにも当然のようにそんなことを言ってのけるので、私は思わず固まった。

視線に困った私は、桜の花びらが川に落ちていく様子を眺めた。

吉木も何も言わずに、私と同じように花びらを見つめる。

私も、口には出さないけれど吉木の幸せを願ってる。

こんなに近くにいるのに、お互いの幸せを願ってるだけの私たちの関係は、一体なんだろう。

君と出会ってから、随分と長い年月が過ぎた。

ひらひらと、柔らかな花びらが再び落ちてきて、吉木の肩に着地した。それを払いのけようと彼の肩に手を伸ばすと、彼としっかり目が合う。

彼があまりにも心配したような目で私を見ていたので、なんだかどうしようもない気持ちになって、ずっと胸にしまっておこうと思っていた言葉が溢れだしそうになった。

何か言おうとして口を閉じた私を見て、吉木は不思議そうに首を傾げる。

「おい、今何言おうとしたんだよ」

「何でもないよ」

「何でもなくないだろ」

「本当に何でもないってば」

押し問答を繰り返し、それでも口を割らない私に、吉木は呆れたような視線を向ける。

もう大人になったはずなのに、彼と話していると子どもに戻ってしまうのはなぜだ。喉もとから出かけた「好き」という言葉を飲みこむために、俯いた。

「お前が本音言ってくれなくなったら、俺いつ伝えたらいいんだよ」

「え、何を……？」

「なあ、いつになったら、お前のこと好きだって伝えていい」

さわさわと桜が揺れる。川に落ちた花びらが静かに波紋を作る。隣にいる君は、今どんな顔をしているの。

全く予想外の告白に、頭が追いつかない。ノーリアクションのまま固まっていると、バシッと背中を叩かれた。

「サイレントで振るのやめろ」

「だ、だってびっくりさせるからじゃん」

「本当に振られてたのかよ俺」

「ち、違うよ。そうじゃなくて」

そうじゃなくて、私は、そんなことを言ってもらえる日を夢に見てすらいなかったから。

吉木のことが好きなのに、両想いになることをイメージしたことがなかったなんて、君は呆れるだろうか。

でも、本当にそうなんだ。ただ思うだけでいいのだと、そういう生き方が染みついてしまっていたから、こんな予定外の展開に戸惑いを隠せない。

「周りに理解されないで傷つくことが、たくさんあるよ……私といたら」

「そんなの親とか地元の奴とか親戚だけだろ」

「いやそこが大部分じゃん。根っこじゃん」

「お前そんなのが人生の根っこなのかよ。くだらない根っこだな」

「私は吉木みたいに図太くないんだよ。わかるでしょ」

混乱して、思ったよりも強い口調で当たってしまった。そんな私に、吉木は変わらないトーンで問いかける。

「で、お前の気持ちはどうなの？」

そんなの、山で再会したあの日から答えは出ている。でも、絶対に口にしてはいけない気持ちだと思って生きてきた。

だって、私は君を好きになっていい立場の人間じゃない。

「好きじゃない。友達でいたい」

口に出したこの言葉が、本心だったらよかった。そしたら君の幸せを第三者の視点で願えた。

もし君と恋人同士になれたら、私が君を幸せにしなければならない。

そんなの、怖くて約束できない。

だって君は、誰よりも幸せになってほしい人だから。

「好きじゃない。でも幸せになってほしい。守ってあげたい。吉木がもし悲しい思いをすることがあったら、誰よりも早く駆けつけてあげたい……」

「何、それ」

「好きじゃ……ないって……言わなきゃなのに……っ」

いよいよ声が震えた瞬間、吉木に引き寄せられ、彼の胸の中に顔を埋める体勢になった。

彼にこんなふうに抱き寄せられるのは、学生の頃から数えて三回目だ。吉木のにおいや体温が伝わってきて、驚くほど心が落ち着いていく。

私は、この人を幸せにできるだろうか。

どんなにつらい時も、悲しい時も、そばにいることしかできそうにないよ。

上手な励まし方も、愛の表現も、気の利いた褒め方も知らない。

過去を思いだして苦しい思いをする日もきっとたくさんある。もしかしたら、いつかお互いに一緒にいる理由がわからなくなるかもしれない。君を幸せにできないかもしれない。

それでも、君は、私の隣を選んでくれるのか。

「ダメだ……大切すぎて、手にするのが怖い」

「詩春」

「もし、吉木のことをまた傷つけるようなことをしてしまったら、私もう二度と一緒にいられな」

言い募る私の言葉を、吉木が静かに遮った。

「俺がお前を守りたい理由は、お前の弱さを知ってるからだよ」

「え……」

「あんなに傷つけあったのに、それでも今こうして隣にいることを、素直に自信に変えられないのか」

胸の中で黙りこんでいる私に、吉木ははっきりとした口調で伝えたんだ。

「何があっても守るから、大丈夫だよ」

……最近知ったけれど、大丈夫だよって言葉、君はよく使うんだ。

全く根拠のない言葉なのに、魔法みたいな言葉だ。

たった三文字の言葉なのに、本当にどうにかなる気がしてくる。

この人と一緒なら、人生のほとんどが大丈夫な気がしてくる。

そんなふうに信じられるのも、私が君の弱さも知っているからだろうか。

弱さを支えあって生きていくことが、強さに変わっていくのだと、君が教えてくれたんだ。

「……一緒にいたい。ずっと」

吉木の胸の中でぽつりと呟くと、うん、と彼は優しく頷いた。たぶん君のいない世界では、私はもう生きていけないから。

どんな悲しいことも、つらいことも、苦しいことも、あの過去を乗り越えられた私達なら、きっと大丈夫。そう思える。私はあなたと、生きていきたい。

自分の気持ちを認めたら、するすると優しい気持ちが身体の中に流れてきた。不思議だ。吉木の言葉はぶっきらぼうなのに、どうしてこんなにも胸に響くんだろう。

そっと顔を上げて、吉木の顔を見あげる。その瞬間風が吹いて、桜の木から大量の花びらが彼の背後に舞いあがった。

ひらひらと舞い降りた一枚の花びらが、吉木の睫毛に止まった。

「ふ、何泣きそうな顔してんだよ」

そのあまりの綺麗さに、胸が締めつけられて、好きも愛してるも超えた言葉が溢れでる。

「……私も守りたい。吉木を」

そう言ったら、君は泣きそうな顔をして笑ったんだ。

吉木が、「ありがとう」と言って、瞼を閉じた瞬間、睫毛に乗っていた桜の花びらがほろりと落ちた。

まるで涙を流すかのように、それはゆっくりと足もとに下りていく。

なぜだろう。その花びらが、不思議と白く光って見えた。

その映像が、永遠のように感じられるほど、儚くて切なかった。消えないように、思わず私は君の手を握る。

君はそんな私の手を強く握り返して、噛みしめるように、そっと呟いたんだ。

「やっと詩春と、手をつなげる」

大切な人がいる。それだけで、世界はこんなにも美しい。

End

彼女と再会するまでのこと

春になったら

ずっと、深海の底にいるような、そんな気持ちだった。

暗く冷たい水の中から見あげる世界は湾曲《わんきょく》していて、皆が泣いてるんだか笑ってるんだかもわからなかった。

自分が泣けないことに気づいたのは、小学六年生の時で、ちょうど母の一周忌を迎えた頃。

泣きたいのに、すでに乾ききった雑巾を絞るような、そんな感覚だった。胸の中は太い釘で打ちつけられたかのように痛く悲しいのに、一滴も涙が出てこない。

その時、ふと顔をあげると、周りにいる人間の頭上に、数字が湯気のように浮かびあがっていた。

目眩がした。いよいよ、俺は頭がおかしくなったんだと思った。母の遺影を前にして、その数字はひとつ、またひとつと増えていく。

隣で、仮面をつけたかのように無表情な父の頭を見てみると、数字は静かにひとつだけ増えていた。

もしかしたら、人の涙の回数がカウントされているのか。そんなふうに思えるようになったのは、それから半年以上経ってからのことだった。

全てが分かった時、鉄のバットでホームランを打った時のような、キンとした音と痛みが頭に走ったのを覚えている。

そういえば、詩春という娘も、同じように頭を押さえて眉をひそめていた。

もしかしたら、あいつも同じ能力があるんじゃないか。そんなふうに思いだしたら、何が何でも確認したいという考えが止まらなくなった。

あんなに傷つけたというのに、俺はどこまでも自分勝手な人間だと思う。

ツテを利用して、詩春の志望校を割りだして、同じ学校を受験した。もちろん、本当の志望理由は父親には話していない。

そんなことを経て、約五年ぶりに出会ったあいつは、自分が想像した人間より、遥かに脆《もろ》くて不安定で、でもときに強い女の子だった。

再会したあの時、俺はあいつと何を話したんだっけ。

「魘《うな》されてたよ、変な夢でも見たの」

茶色い染みがついた古い天井がある。徐々に視線を横にずらすと、そこには呆れた顔をした里中がいた。日本人形のような髪を垂らして、この前の合宿で撮影した写真をパソコンに取りこんでいる。

院に進んだ里中と、一年休学してようやく大学四年生になった俺は、気づけば登山サークルの古株になっていた。

古い部室でいつの間にか寝てしまっていた俺は、机から起きあがり、肩と腕を鳴らす。バキバキッという音が静かな部屋に鳴り響くと、その音嫌いだからやめて、と、怒られた。

「卒業したらまた、海外行くんでしょ」

「そうだな、あっちで仲よくなった仲間がルームシェアしてて、そこに暫く混ぜてもらう」

「本当こっちに未練ないんだね、あんた」

未練くらいあるよ、少ないけど。と、口にはせずに、俺は身体を伸ばした勢いで立ちあがった。

山に登り始めてから力がついて、色んな景色を見て、たくさんの仲間に出会った。涙の回数はもう見えないけれど、特に支障はないどころか、変な勘ぐりをせずにすんで楽になった。

俺はどっかの誰かみたいにお人好しでも優しくもないから、誰が何で泣いていようと気にしたことは一切なかった。

「海外行く前に撮影させてよ、その登山靴履いてるところ」

「モデル代の見積もりを先にくれ」

「ちょっとは無償でやってみなさいよ。友達でしょう？」

三限目の授業に出るため、部室を去ろうとしたところをバシッと叩かれた。

以前ならここで里中の泣いた記憶が頭の中に流れてくるところだが、もちろん何も流れてこない。

叩かれて暫く固まっている俺を見て、里中が不審そうに眉をひそめる。

「ていうかあんた、そんなしょっちゅう海外飛んで、彼女とか怒らないわけ？」

「いねぇわそんなん」

「嘘つきなさいよ、いつか私の写真展に来てたあの女の子とはどうなったわけ」

里中の無神経な質問に、俺は盛大なため息をつく。

それから、「その時一緒に来てた男と付きあってるけど」と吐き捨てるように言い残して、俺は部室をあとにした。

三号館までは、歩いて十分はかかる。講義の時間にギリギリ間に合わないかもしれない状況の中で、俺は詩春と宗方のツーショットを思い描いていた。

どう考えても幸せになるとしか思えないようなルートに、つまらなすぎてため息が出る。

幸せになれよ、という言葉を、俺はあいつらにまだかけていない。

人を好きになる、という感情の正解を答えよと言われたら、誰も答えることはできないように、人を好きになる気持ちがよくわからない。

もしかしたら、気づかずに通り過ぎているかもしれない。

大学生になって、人並みに誰かと付きあって別れも経験したけれど、自分の中の何かが変化したようには思えなかった。

それはきっと、自分の父親からの愛が、〝無〟だったからだろう。

「暑……」

夏の日差しが容赦なく照りつける。茹だるような暑さに思わず目を閉じると、まだ母が生きていた頃の記憶が蘇ってきた。

＊　＊　＊

あれは、俺がまだ小学三年生だった頃。共働きになってから家事が十分に行き届いていないと怒りっぽくなった父が、言葉で母をキツく詰めていた。

父の収入は十分にあったようだが、この家にずっといることが耐えられないと訴えた母が始めた仕事は、前職と同じ保険の営業だった。

「当てつけのように疲れてるオーラ出しやがって。遊ぶ金が欲しいなら、もっと気楽な仕事をやればいいだろう」

「子供を産んだら母親だけ不自由になることが当たり前なの？　あなたはいつも好き勝手飲んで帰ってきてるから」

「おい、忘れるなよ。一体誰がお前の両親の会社を支えてると思ってるんだ」

この時代に、政略結婚のような結ばれ方をした父と母は、完全な主従関係だった。その様子を見ながら、なぜそこまでして一緒にいるのか俺はずっと理解に苦しんでいた。

「ごめんね、嫌なところ見せたね、馨……」

母にとっての俺は、〝父と一緒にいなければいけない理由〟で、そして父の罵倒から逃げる場所だったんだろう。

俺は母に泣きながら抱きしめられるたびに、父と別れられないのは俺がいるからだと、そんな責任を押しつけられていつも息が苦しかった。

それから程なくして母が自殺したと聞いた時、俺は本当に心の中の全てが乾いていく音を聞いた。砂漠だった。喜怒哀楽も何もない。何を食べても何を言われても感情が動かない。孤独とは、まさにこの時のような状態のことだったのだろう。

母がこの世から消えたくなった理由は、どれが決定打だったのかはわからない。

ただ、俺の存在は、〝母の生きる理由にはなれなかった〟という事実だけが残った。

詩春に告別式で八つあたりしてしまった時に、そのことへの怒りと寂しさが爆発してしまったんだ。

母親にさえ思いとどまってもらえなかったのだから、俺の存在は誰の生きる理由にもなれないのだ。

そう思うと、途端に生きることがつまらなく思えた。

「山、登りに行くぞ」

そう、突然声をかけられたのは、母が亡くなり、中学に上がるも不登校になって半年経った頃だった。

父親にも呆れられ、誰にも何も言われなくなった頃、俺の部屋を突然乱暴に開けて中に入ってきたのは、母の妹だった。

突然眩しい光が部屋の中に差しこんできて、俺は思わず目を細める。

中にずかずかと入ってきた彼女は、長髪の髪の毛を後ろにキュッと束ねていた。

馬の尻尾のようなそれを揺らしながら、まだ数回しか会ったことのない叔母の千種は、俺の腕を突然掴んだ。

「いつまで腐ってんだ。人生暇で無駄にすんな」

「……離せよ」

腕を全く動かさずに、目だけで彼女に反発した。しかし、千種は一切動じずに、俺に向かって今度はリュックを投げてきた。

「必要なものは一式入ってる。背負ってついてきな」

「頭おかしいんじゃねーの」

「お前よりは頭使って生きてるよ。頭の中の酸素、入れ替えた方がいいんじゃないの？」

「こんなこと、誰に頼まれて来たんだよ」

「誰にも頼まれてないよ。自惚れんな」

ぴしゃりとそう言いのけた千種は、再び俺の腕を力強く引きあげた。俺はまた睨みつけながら、低い声で言い放つ。

「……触んな」

千種が、母の墓前で泣き崩れる映像が頭の中に流れこんできたせいで、腕を振り払うことができない。

お葬式のあと彼女は、父に向かって力強いビンタをくらわせていたのを覚えている。あれはかなり、強烈だった。

「あんたのこと、ここで見放したら姉さんに怒られるから、立ちなさい」

「死んだ人間が怒るかよ」

「死の世界見せてあげるから、ついてきな」

死の世界って、なんだそれ。ふざけたことを言う人だと思ったが、彼女は真剣な顔のままだった。

「行くよ、馨」

俺のことを振り返らずに、彼女は部屋を出て進み始める。ついていく必要なんてないのに、世界から消えたくなっていた俺には、死の世界が気になって仕方なかった。

彼女の後ろ姿が、死んだ母が最後に家を出ていった時の後ろ姿と重なって、気づくと俺は立ちあがっていた。

千種の強引さは昔からで、急に家に訪れては事前連絡を入れろと母にいつも怒られていた。男っぽくて、荒々しくて、誰かを巻きこんで生きていくタイプの人間だ。

目指す山は、ここからほど近いところにある、烏ヶ山らしい。

最近ではテレビの撮影で使われることも増えたけれど、登ったことなんて一度もなかった。

バスで山の近くまで移動すると、千種は登山口の前で、俺の目を一度見つめた。

「本気で登らないと、結構キツイよ」

「そもそもあんた、登山経験あんのかよ」

「この山は初めて登るね」

千種の発言に一気に不安になっていったが、ここまで来たらもう登るしかない。何か言いたげな俺を無視して、千種は一歩進み始めてしまった。

朝日を浴び、土をこんなにしっかり踏んだのは、いつぶりだろう。不登校になってから、家では狂ったように勉強するか、ひたすら本を読むかのどっちかだった。

何かをインプットしていないと、余計なことを考えてしまいそうで。

中学校への未練なんてかけらもなかった。クラスメイトの顔なんて誰ひとり出てこない。

母が亡くなってから、世界の色が変わってしまった。

俺に残ったのは、母を追い詰めた人間と、追い詰められたことに気づかなかった父親への憎悪だけだった。

「この辺はまだ坂が緩やかだけど、足もと気をつけて」

「経験者みたいな口ぶりだな」

「あんた本当かわいくないよねぇ。姉さんの子どもとは思えない」

ザクザクと、足に力を入れるたびに土が少しだけ沈む。石に足を取られた時は、簡単に転びそうになる。景色は歩けどもまだ変わらず、いつゴールするのかと途方にくれていた。

「なあ、これいつ着くの」

「自分で地点から計算してみれば。あんた勉強だけは得意なんでしょ」

「千種、息切れてない？」

「うるさいね、こっちはあんたと違って若くないんだよ」

声も動作も性格も何もかも母とは違うのに、ふとした表情が母に似ていたりする彼女は、半分意地になって山を登っていた。

彼女はなぜ俺を登山に誘ったのだろう。死の世界って、一体なんんだ。

そもそも、今俺は何でこの人と山を登ったりなんかしているんだ。

笑える。感情を無にして生きていたこんな俺が、今必死に足を動かして頂上を目指しているなんて。

自分の足で歩いて生きてることを実感しろなんて言うんじゃないだろうな。そんなつまらないこと言ったら、今すぐひとりで下りてやる。

俺は別に、死にたいなんて思ってはいない。いつ死んでもいいと思ってるだけだ。ただただ呼吸をして生き延びようとする身体と、何にも動じなくなった空っぽの心は、いつか分裂してしまいそうだ。

一歩一歩が重くなり、呼吸がだんだん荒くなる。足場が悪くなるにつれて、神経がすり減っていく。千種は俺を振り返ることなく進んでいく。

「姉さんは、何で死んだと思う」

呼吸を乱しながら、千種が唐突に質問してきた。

母がなぜ死んだかなんて、そんなの心が耐えられなかったからに決まってる。職場にも家庭にも逃げ場がなく、俺のように気難しい子どもがいて、相談する相手もいないまま心が浸食されていったのだろう。何が真実で何が不正解なのかなんて、今となっては誰にもわからない。

「姉さんはさ、たぶん、気づいてもらいたかったんだと思う。自分が……死にたくなるほど苦しいことに」

「死にたくなるほど……」

「一度、言ってたことがあるんだ。姉さんが、私はまるで〝透明人間〟みたいだって」

自分の白い吐息が景色を霞ませる。目の前で、千種の馬の尻尾のような髪が揺れている。

「その時は、どういう意味かわからないまま私は東京に戻っちゃったけど、姉さんは、誰にも何も気にかけてもらっていないことがつらかったんだと思う」

「……そんなこと、言ってたんだ……」

「誰も気づけなかった。気づいてあげられなかった。姉さんの死の原因は、そこにあると思ってる」

死の原因という重い言葉に、思わず息が止まった。千種はまったく足を止めないどころか、むしろさっきよりスピードアップして歩いていく。

「姉さんが死んだのは、冷酷な会社の上司のせいだし、放任主義の旦那のせいだし、唯一のSOSを聞き逃した私のせいだよ」

千種の言葉ひとつひとつに、胸が軋んでいく。自分が母に言った言葉や、見て見ぬふりをしたことを思いだすと、勝手に奥歯に力が入って、過去の自分を殺したくなる。

いつか、自分が大人になったら、母を救ってやれるものだと思っていた。

絶対的権力を持った父の前では、俺はまだただのガキで、無力で、何もできなくて。

言葉で罵倒されている母を、仕事を辞めたいと嘆く母を、ただただ黙って見ていることしかできなかった。

今でも目に焼きついている。父に罵倒された母は、いつもリビングの椅子に座って、頭を抱えこんで静かに泣くんだ。瘦《や》せ細った肩が呼吸をするたびに上下に動くのを、階段先から見下ろしていた。

言葉でダメになっていく母に、なんて言葉をかけたらいいのか、俺にはわからなかった。慰めるための言葉なんて、親から一切教わっていなかったから。

「馨、あんたは、人の痛みにできるだけちゃんと気づいてあげな」

俺がそんな人間になれるわけがない。

風の噂で、あの日告別式で罵倒した娘がいじめられていると聞いた。

すでに人ひとりの人生を狂わせてしまったかもしれないんだ。

そんな俺が、人の痛みに気づけるわけがない。

もし神様が、そんな俺に涙の回数が見える能力を〝罰〟として与えたのなら、とんだ人選ミスだと笑う。俺はこんな能力、一ミリだって使う気はない。

誰が泣いていようが傷ついていようが、ただただ興味のない映画で知らない役者が泣いているだけのように思えるほど、どうだっていい。

こんな、優しさのかけらもない欠陥人間の俺なんか、どうせろくな人生を送れないだろう。

「言う相手、間違ってる」

「あんた何でそんな暗く育ったの……。もっとエネルギッシュになれる瞬間とかないの?」

「ねぇよそんなん」

「はは、本当かわいくない……。あ、もうすぐつくよ」

二時間半以上は歩いただろうか。樹林帯を抜けると、少しずつ周りの景色が開けてきて、空がどんどん広く見えてきた。

やっと頂上の看板が見えた。そこでは、吸いこまれていくような青空と、圧倒されて呼吸を忘れるほど壮大な山々が見渡せた。

「あの岩登る?」

サーフボードのように尖った岩場を指差す千種に、俺は黙ってついていった。頂上の更なるてっぺんに登った俺は、いよいよその景色を見て息を呑んだ。

「すげぇ……」

あんなに低いところからここまで自分の足で登ってきたなんて、それを考えただけで身体が震えてくる。

「綺麗だね。自分がちっぽけに感じるこの瞬間、癖になるよ」

まるで緑の絨毯《じゅうたん》を下ろしたように、無数の木がびっしりと生え渡っている。

それを見ていると、なんだか吸いこまれてしまいそうで、すこし怖くなった。

空気が澄んでいて、太陽が近い。たったそれだけなのに、感動でこんなにも鳥肌が立つなんて、思いもしなかった。

「半分死んでるみたいで、気持ちいい……」

「は？　今何て言った？」

思わずぼそりと呟いた言葉に、千種は訝しげな表情で問いかけた。

こんなに空に近い場所にいたことは今までないから、その開放感から思わず言葉が出てしまった。

「生きるために帰ろうと思えるから、少し目が覚めた……」

「何言ってんのよ、アホ」

千種は、あんた今生きてるでしょと言って、呆れたように顔をひそめたけれど、俺は黄泉の国ってこんな景色なんじゃないかと思っていた。

登ったら下りる。下りたらまた登る。登った先で、この美しい景色を見る。そんな単純な行動が、今の何もない自分にはとても魅力的に思えた。

生きねばならない。何も目的はなくても、大切なものもなくても。

母に貰った命を無駄にすることだけは、してはならない。

それが今の俺にできる唯一のことだと、本当はもう気づいていた。

「俺、たぶん、真っ当な人間にはなれないけど、とりあえず生きてはいくから、そんな監視しに来なくていいよ叔母さん」

「本当、よくそんなかわいくない言い方に変換できるよねあんた……。心配しないでって言えばいいだけじゃない」

心配しないで。そうだな、その言葉を天に向かって送り続けるしかない。

心配しないで。大丈夫だから。問題ないから。

そんな言葉を唱えられるよう、せめて腐らずに生きていかねばならない。

「馨に、いつか大切な人ができたら、少しは優しくなれるんじゃない」

「大切な人……」

「どんなことがあっても守ってあげたいと思うような、そんな人。早く作りな」

いつか絶対出会えるよ、と言って彼女は笑った。今は全く想像がつかないし、そんな感情を抱いたことがないから否定も肯定もできない。

いつか大切な人が、俺にもできるだろうか。こんなに、まだまだ憎しみと恨みだらけの俺に、そんな人が現れてくれるだろうか。

未来のことは全くわからないけれど、何か不安なことがあった時は、ここに来ようと誓った。

見あげた空はどこまでも透明な青で、集中線を描くように白い雲が山に吸いこまれている。山々は生命力をひしひしと感じるほどの鮮やかな緑で、自分なんてこんな景色に混じったら、たった一枚の木の葉と同じだ。

無数の命の中で、誰も自分に注目していないのなら、好き勝手生きた方がきっと気楽だ。上から景色を見下ろしていると、不思議とそんなふうに思えたんだ。

それが、まだ空っぽの中学生だった頃の、俺の話だ。

＊　＊　＊

ジーワジーワという蝉の声が聞こえる。全ての講義を終えて三号館を出ると、蹴散らしたくなるほどうるさい蝉の声に襲われた。大嫌いな夏がやってくると、俺はほんの少し気持ちが弱る。

「あっちぃ……まじで……」

Tシャツの首もとを掴んでパタパタと中に空気を送っていると、パンツのポケットの中でスマホが震えた。

日陰でロックを解除すると、詩春からメッセージが届いていた。

『今日仕事早く終わるんだけど、飲まない？』という、シンプルなメッセージ。

俺が休学している間に、社会人一年目になった詩春は、日々仕事に追われながらもなんとかやっていけているようだ。

彼氏がいるのに誘っていいのかよとも思ったが、それほど俺のことを男として意識していないんだろう。

『いいよ』と一言だけ返信をし、俺は近くのベンチに座りこんだ。

詩春との関係性は、山で救出された時以来、大きく変わった。まさか、こんなに距離が近い存在になるとは思いもしなかった。

憎しみから愛しさに変わるなんて、こんなこと、昔の自分に想像できただろうか。木漏れ日を避けるためにスマホを額に当て目を閉じる。

宗方と付きあうことになったと聞かされたのは、カナダの山に登りに行ってる時で、そんな重大な報告をさらっと数十秒のテレビ通話で済ませた詩春に、無性に腹が立った。

詩春を、憎しみの対象ではなく、だんだんとひとりの人間として見られるようになったのは、あいつがキャンプ場で自分の気持ちを訴えてきた時からだ。

あいつが言うように、確かに俺はずっと詩春に、詩春の父親の影を重ねて恨んでいた。

元々は同じ能力があることを知るために近づいたのだが、詩春は俺が思った以上にこの能力に振り回され、傷つき、たくさん周りの人のことを考えて生きていた。

俺よりもずっとできた人間の詩春に焦ったとともに、いつしか、必死に過去と戦う姿に自分を重ねて、他人ごととは思えなくなっていった。

近づいては離れ、触れては傷つきを繰り返しているうちに、詩春の存在が自分の中でどんどん大きくなっていることに気づいた。

この感情はどうやったら殺せるのか。そんなことばかり考えていた。

この気持ちは言葉にしてはいけないと思っていた。言葉にしたら、詩春が追い詰められると思ったからだ。

きっと、今までようやく積みあげてきたこの関係は、いとも簡単に崩れてしまうだろう。消せない過去を持った俺たちの関係は、きっと吹けば倒れるような、脆いものだ。どちらかが相手のトラウマに触れた瞬間、砂のように崩れ落ちていくだろう。

今でも、詩春が、俺があの時罵倒した少年だと知った時の顔が忘れられない。みるみるうちに罪悪感に浸食され、顔が青ざめていったあの映像は、今もまだ頭の中に残っている。

宗方と付きあった方が、絶対に幸せになれる。誰が考えたってすぐにわかる未来だ。


新宿駅東南口の近くにあるエスカレーター前で、仕事終わりの詩春と待ちあわせた。

夜になっても外気温は高いままで、ぬるっとした空気が喉に張りついて気持ち悪い。詩春と会うのは一カ月ぶりで、こうしてふらっと気が向いた時にだけ会うことを繰り返していた。

「よ、かーくん」

「小さい頃のあだ名で呼ぶのやめろ。どうせ千種に聞いたんだろ」

「はは、自分で呼んで鳥肌立ったわ」

白のジャケットに白のパンツスタイルの詩春は、それだけでやけに大人びて見える。

行きつけの沖縄料理のお店に向かい、いつもの大衆的な雰囲気の店内に入ると、生ビールをふたつ注文した。

詩春はジャケットを脱いで、暑いと言いながらメニューで顔をあおいでいる。

「宗方とはうまくいってんの」

「まあ、ぼちぼちですよ」

「ぼちぼちってなんだよ」

こうして話すようになって知ったけれど、詩春は意外とテキトーな性格をしている。

繊細なくせにテキトーって、矛盾していると思うが、詩春の性格は本当にその言葉どおりだ。

「生ビールです。お通しはピリ辛もやしになります」

運ばれてきたビールで乾杯し、お通しのナムルをつまむ。こんなふうにこいつとお酒を酌み交わす日が来るなんて、今でも変な感じがする。

肩までの茶色い髪の毛を、毛先だけ軽く巻いている彼女は、すっかり大人の女性になっていて、どう接したらいいのかふと戸惑う瞬間もあった。

じっと彼女の顔を見つめていると、何、と軽く睨まれる。

「顔に何かついてるなら見てないで言ってよ」

「何でお前はいつもそう攻撃的なんだよ、俺には」

「普段の自分の言動思いだしてみなよ。そりゃ身構えるわ」

そう言って、彼女は何もついていない頬を手の甲でこすっていた。

詩春は、宗方とふたりきりの時、どんなふうに話すんだろう。こんなふうに、他愛もない会話を宗方ともするんだろうか。

詩春にとって俺は、一体どんな存在なんだ。

兄のような存在なのか、苦しみを分かちあった戦友的な存在なのか、時間をかけて仲よくなったただのクラスメイトなのか。

それを確かめてみたいけれど、不思議とそれを口にしようとすると、言葉が詰まる。

「なあ、俺たち、普通の友達じゃないよな」

「え、何、突然」

しまった。そんなややこしい言い方するつもりじゃなかったのに、気づいたらそんな言葉が口から出ていた。

詩春は、ゴーヤチャンプルーに手を伸ばしたまま固まっている。

「今こうしていかにも普通にしてるけど、普通の友達には、なれないだろ。だって」

「……吉木がそう思うのなら、そうなんじゃない」

これも違う。こんなこと全く言うつもりじゃなかったのに。俺は目の前にあったビールを飲み干して、自分の気持ちとは裏腹な言葉が自然と出てきてしまうこの性格を呪った。

詩春は訝しげな表情を浮かべてから、ぼそりと暗い声で呟く。

「いかにも普通にしてるって、吉木は私と一緒にいることがまだ不自然なんだ」

不自然なんじゃなくて、信じられないという状況だ。

もう二度と会えないと思っていた人と、今こうしてお酒を飲んでいるのだから。

「別に私は、演技をして吉木と一緒にいるわけじゃないよ。確かに私達には、普通の友達関係とは違う過去のつながりがあるけど……」

「いや、そうじゃなくて……」

「何？　何が言いたいの」

その言葉を聞いた時、彼女に初めて声をかけられた時のことを思いだした。

そうだ、あれは入学式から二週間ほど経った頃、彼女にしたら謎に威圧的な態度を取っている俺は、さぞかし嫌な存在だっただろう。

俺は詩春に能力のことを聞きだすタイミングを掴めないまま、彼女の動向を見ていた。見れば見るほどまともに育った普通の女の子に思え、屈折した自分と重ねて苛立っていた俺は、言葉には出さないが空気で彼女に圧をかけていたんだと思う。

それにしびれを切らして、教室でたまたま二人きりになった時、彼女は同じような言葉を言ったんだ。

「何？　何か私に言いたいことがあるの？」

私なんかしたっけ、と続ける彼女の顔は、怒ってるわけでも、訝しげなわけでもなかった。ただ、本当に俺が何を言おうとしているのか、気になっている顔だった。

あの時から、詩春は俺にはない強さを持っていた。

俺が怖いとか、なぜ嫌いなのかとか、自分を見てとか、思ったことを真っ直ぐにぶつけてくる。

それは、自分で受け止める覚悟がある人しかできないことだ。

詩春は、きっと、相手の気持ちがわからないことの方が、怖いんだろう。

「普通の友達じゃ物足りない、って言いたかったんだよ」

「え、吉木は親友だよとか言えば満たされるの？　それって」

「そういうわけじゃないな」

「吉木の存在は、言われなくても特別だよ。色んな意味が入ってだけど」

「色んな意味ってなんだよ」

「色んな意味は、色んな意味だよ」

「言え、その、色んなを」

そこまで追い詰めたが、詩春は素知らぬ顔でビールを飲み干し、俺の質問には答えなかった。

詩春は、いつも俺の話になると頑なに口を閉ざす。まるで、言ってはいけない言葉を溜めこむかのように。この沈黙が、俺たちの過去の名残のように思える。

何も事実が変わったわけではないし、俺の母は亡くなって、もう二度とこの世に戻ってこない。

俺たちの間にある過去の傷は、一生消えることはない。

だけど、それなのに、怖くなるほど君が大切だ。

「吉木だって、肝心なことは言ってくれないからおあいこだよ」

そう言って、詩春は口を尖らせた。

わかったよ。今胸の中で思っていることを言うよ。

〝詩春、頼むから、必ず幸せになって〟

たくさん自分を押し殺して生きてきたんだ。

その分お前が幸せにならなかったら、俺は神様を呪うよ。

「言わないんじゃなくて、温存してるだけだ」

「何それ、温存する意味はあるのか」

あるんだよ。きっと、想いを伝えるのは今じゃない。

今伝えても、お前は戸惑うだけで、俺も詩春を幸せにできる自信がない。

誰かに誘われても滅多に飲みに行かない俺が、お前の誘いひとつでいつでも必ず会いにやってくる意味を、ちゃんと考えたこともないお前に、そんなことはまだ言えない。

言葉にすることが怖いほど大切だなんて。

あの山で遭難しかけた日、『もう一度会いたいと思ってごめん』と泣いた詩春の顔を見た時、俺がどんな想いだったか知っているのか。

胸が張り裂けそうとはあの時のことを言うのだと、本当にそう思ったんだ。

「死ぬまでに絶対伝えてよね。今まで飲んできた言葉」

「わかったよ。お前もな」

「死ぬまでにはね」

いつか、自分に自信が持てるようになって、素直にこの気持ちを伝えようと思ったとき、詩春が結婚していたらどうしようか。

その時はもう、お互いしわくちゃの爺さん婆さんになった時に伝えるしかないな。

俺はまた海外に暫く行くけれど、今登りたいと思う山を全て登り終えたら、詩春に真っ先に会いに行こう。

こっちに戻ってくるのはちょうど二年後の春頃だ。

どうせなら、満開の桜の木の下で、詩春に想いを伝えよう。たとえどんな結果になろうとも、粉々に打ち砕かれようとも、きっと後悔はしないだろう。

「行くか、そろそろ」

俺たちは食べることをあまりせずに、飲むだけ飲んで会計を終え席を立った。

「酔い覚ましに代々木《よよぎ》駅まで歩こうよ」

詩春はいたずらにそう笑って、俺の前を歩きだした。

ネオンの光が、詩春の体の輪郭を淡くぼかしている。

車が通った瞬間、彼女のジャケットがふわっと膨らんだ。

季節はまだ夏で、夜風は生ぬるくて最悪だ。身体に残ったアルコールが、頭の中をぼんやりとさせていく。

星の数ほど人はいて、数秒目を閉じたらあっという間にはぐれてしまいそうなのに。

それなのに、こんな雑踏の中で、こんな世界の中で、圧倒的に君が大切で、圧倒的に輝いて見える。

「詩春、転ぶなよ」

「大丈夫だって。そんなに酔ってないよ」

詩春と出会うまで、俺は憎しみで自分を支えて生きていた。

誰かを恨むことでしか、自分を保っていられなかった。

でも、詩春と出会って、初めて人と正面からぶつかって、感情を剥き出しにして、ボロボロになって気づいた。

自分の中に喜怒哀楽があったこと。こんな自分にも、誰かを守ってあげたいと思う気持ちがあったこと。

千種の言う〝大切な人〟と、俺はちゃんと出会えたよ。

出会えたから、あとは俺が変わらなきゃいけない。

人間そんなに簡単に成長するものじゃないのはわかってるけど、この気持ちを伝える自信がつくまで、もがいてみるよ。

そんなふうに思ってることも知らずに、無邪気に詩春は前を進む。

「吉木、はやく。終電なくなるよ」

「じゃあ代々木まで歩くとか言うなよ」

「はは、ごめんごめん」

そんなに、安心しきった顔で笑うなよ。俺は、お前がそんなふうに笑うたびに、愛しさを通り越してたまに切なくなるよ。

それはきっと、未来がどうなるかわからないからなんだろう。

幸せは永遠に続くわけじゃないからなんだろう。

それでも、一緒にいたいと思ってしまう。それだから、一緒にいたいと思ってしまう。

人は弱いから、終わりがあるから、未来は予測できないから、大切な人のそばにいたいと思ってしまうんだろう。

白黒だった俺の世界に現れてくれた君に、どれほどの感謝をしたらいいだろうか。

「詩春、ありがとうな」

聞こえないほどの音量で、ぽつりと呟いた。

さっきまでタクシーが絶え間なく横切って、酔っ払いもうるさくコールをかけていたというのに、その瞬間だけなぜか世界が静かになった。

聞こえないと思って呟いたはずなのに、詩春はしっかりと俺の言葉を聞いて、「なんだそれ」と言って眉をハの字にして笑ったんだ。

その笑顔があまりに愛おしくて、苦しくて、俺は思わず詩春のことを抱きしめそうになっていた。

「吉木、ちゃんとついてきてね」

ネオンの光が君を優しく包みこむ。月の光が背の高いビルを青白く照らしている。

目眩のするような雑踏の中を、君は迷わず進んでいく。
その後ろ姿を見て、まだ制服を着ていた頃の彼女を思い浮かべる。
最初は、この世で一番憎かった人。
だけど、君は、灰色だった世界を照らしだしてくれた。
たったひとり、生きる強さをくれた人。たったひとり、弱さを曝けだせる人。
まるで君と過ごす時間は、いつ終わるかわからない人生の中の、瞬きのようで。
眩しくて、思わず目を細めるほどに、いとおしい。
君の存在を言葉にするなら簡単だ。

君は、俺の光だ。

戻ってきたら、きっとこの気持ちを伝えよう。
約束だ。春になったら、また会おう。

End

あとがき

春田モカです。この度は、単行本『いつか、きみの涙は光となる』をお手に取っていただき、誠にありがとうございました。

涙の回数が見えてしまう……という特殊能力を持った女の子が主人公のお話でしたが、いかがでしたでしょうか。

もし、自分の大切な人の涙の回数が見えてしまったら。ましてや、数字が増えていく様子をただ眺めることしかできなかったら……。現実ではありえない世界のお話ですが、少しでも自分ごとにとらえて想像してもらえたら嬉しいです。

吉木と詩春は、悲しい過去がお互いを縛りつけている状況でしたが、山の中で一緒に涙を流し、弱さを見せあったことで強い絆を生み出しています。

私はいつも作品の中で、人の〝弱さ〟や〝脆さ〟を大切に描きたいと思っています。誰にだって弱さはあるし、変わりたいと思う時は、自分の脆い部分に向き合った時だと思っているからです。今回も、二人の弱さを剥き出しにして、「変わりたい」と思うその一瞬の尊さを、大事に描いていきたいと意識していました。

自分が死んだら悲しむ人がいる。そんな単純なことが彼らの生きる希望になったというシンプルな作品でしたが、何かを感じ取って頂けましたら幸いです。大切な人がこの世界にいることの美しさに気がつけた二人の物語を、最後まで見届けて頂きありがとうございました。

余談ですが、詩春の友人である沙子に対しても、たくさんのご感想をいただけてとても嬉しかったです。吉木がかっこいい！というご感想も多く、こちらは少し驚きました。かなり難しい性格の設定でしたが、受け入れてもらえて有難いです。

最後になりましたが、本作の制作に関わってくださった方、そして、本作で私のことを初めて知ってくださった読者様、ずっと応援してくださっている読者様、全ての皆様に心よりお礼申し上げます。吉木と詩春のその後の番外編を「野いちご」に掲載していますので、よかったら覗きに来てください。また次の作品で出会えることを願っております。

春田モカ

この物語はフィクションです。実在の人物、
団体等とは一切関係がありません。

[春田モカ先生へのファンレター宛先]
〒104-0031東京都中央区京橋1-3-1
八重洲口大栄ビル7F
スターツ出版（株） 書籍編集部気付
春田モカ先生

いつか、
きみの涙は光となる

2021年12月25日初版第1刷発行
2022年 3 月12日　　第2刷発行

著者　春田モカ

発行人　菊地修一

発行所　スターツ出版株式会社
〒104-0031 東京都中央区京橋1-3-1
八重洲口大栄ビル7F

出版マーケティンググループ
TEL03-6202-0386（注文に関するお問い合わせ）
https://starts-pub.jp/

印刷所　株式会社 光邦
Printed in Japan

ISBN978-4-8137-9112-6　C0095

この涙の理由を、誰か教えて――

切なくて苦しくて
甘い恋のラストに号泣！

何度忘れても、きみの春はここにある。

春田《はるた》モカ・著
定価1320円
（本体1200円＋税10％）

ある日、きみが言った。

「記憶のリハビリ、つきあってよ。」

過去の出来事から友達関係に臆病になってしまった琴音は、高校生活を空気のように過ごすと決心していた。そんな時、校内イチモテで、イケメンで成績も抜群だけど、いつもどこか気だるげな瀬名先輩に目をつけられ、「忘れたくないって思える思い出、作ってよ」と強引にお願いされてしまう。瀬名先輩が校内で有名な理由は、その整った容姿だけでなく、大切な記憶だけを保つことができない記憶障害をもっているからだった…。特別な存在になるほど忘れてしまう――切なく苦しく甘い、たった60日間の思い出作り。

ISBN：978-4-8137-9052-5

スターツ出版人気の単行本！

『季節を何周も巡ると思っていた。』

小桜菜々《こざくらなな》・著

授業はリモートでバイトも減り、思うように人と会えない日々を送る大学生の乃々華は、マッチングアプリで年上で社会人の拓海と出会う。メッセージをやり取りするうちに、会ってみたいと思うように。恋の経験がなかった乃々華だけど、小説や映画の趣味も同じで優しい拓海にしだいに惹かれはじめ…。

ISBN978-4-8137-9106-5　定価：1540 円（本体 1400 円＋税 10%）

『雨上がり、君が映す空はきっと美しい』

汐見夏衛《しおみなつえ》・著

普通の高校生・美雨は、昔から外見を母親や周囲にけなされ、目立たないように過ごしていた。ある日、映研の部長・映人先輩にひとめぼれした美雨。見ているだけの恋のはずが、先輩から部活に誘われて世界が一変。外見は抜群にいいけれど、一風変わった先輩とかかわるうちに、"新しい世界"があることに気づいていく。

ISBN978-4-8137-9080-8　定価：1430 円（本体 1300 円＋税 10%）

『上書き保存のできない、たったひとつの恋だった。』

Sytry《シトリー》・著

"恋愛はコスパが悪い"。本気で人を好きになったことのない蒼だったが、嘘みたいに共通点の多い後輩・遙と惹かれ合う仲になる。恋人同士のような関係にのめりこんでいくが、ふたりの関係にはある秘密があって…。運命的に出会った蒼と遙の、唯一無二の一年間。切なくて愛おしい恋愛物語。

ISBN978-4-8137-9102-7　定価：1540 円（本体 1400 円＋税 10%）

『昼と夜の間で、僕らは手をつなぎ合う』

高倉《たかくら》かな・著

中学時代のいじめが原因でコンプレックスを抱えた温美は、誰にも話せない気持ちを密かにノートに綴っていた。ある日、ノートに【大丈夫？】の書き込みを見つけ…。それは同じ机を使っている夜間定時制の生徒、涼が書いたメッセージだった。以来、昼と夜をまたぐ秘密の交換日記が始まって…。

ISBN978-4-9137-9098-3　定価：1320 円（本体 1200 円＋税 10%）

書店店頭にご希望の本がない場合は、書店にてご注文いただけます。

スターツ出版人気の単行本！

『君にさよならを告げたとき、愛してると思った。』

小《こ》桜《ざくら》菜《な》々《な》・著

大学３年生の柚香は、軽音サークルで知り合った郁也に「お前の歌声、俺すげぇ好き」と告白みたいな言葉をかけられる。まっすぐな郁也に惹かれ始める柚香。ふたりは少しずつ愛を育み、お互いの未来にお互いがいることを信じて疑わなかったけれど…。切ない恋の行方に涙が止まらない！

ISBN978-4-8137-9091-4　定価：1320円（本体1200円＋税10%）

『青春ゲシュタルト崩壊』

丸《まる》井《い》とまと・著

周囲の顔色をうかがって“いい子”の仮面を貼り付けている朝葉。部活での出来事をきっかけに、自分の顔だけが見えなくなる「青年期失顔症」を発症してしまう。絶望のなか、手を差し伸べてくれたのはクラスメイトの金髪男子・朝比奈だった。多感な10代をリアルに描く野いちご大賞受賞作品。

ISBN978-4-8137-9087-7　定価：1320円（本体1200円＋税10%）

『半透明のラブレター』

春《はる》田《た》モカ・著

休み時間はおろか、授業中も寝ているのに頭脳明晰という天才・日向に、高校生のサエは淡い憧れを抱いていた。ふとしたことで日向と親しくなり、「人の心が読める」と衝撃的な告白を受ける。戸惑いつつも、彼と共に歩き出そうとするが、その先には、切なくて儚くて、想像を遥かに超えた“ある運命”が待ち受けていた…。

ISBN978-4-8137-9076-1　定価：1320円（本体1200円＋税10%）

『永遠なんてない世界でも、明日の君に会いたい。』

夜《よる》野《の》せせり・著

ある日、公園でフルートの練習をしていた双葉は、優しい光を放つ男の子・海斗と出会う。高校の入学式で再会し、双葉は海斗が病の克服の途上だと知る。最初はぎこちない距離感だったけれど、お互いのことが気になりはじめ…。不安や喪失感を抱えながらも懸命に生きてゆくふたりの、切なく甘い物語。

ISBN978-4-8137-9071-6　定価：1320円（本体1200円＋税10%）

書店店頭にご希望の本がない場合は、書店にてご注文いただけます。

スターツ出版人気の単行本！

『眠れない夜は、きみの声が聴きたくて』

永良《ながら》サチ・著

どこにも自分の居場所はないと感じている高２の響。そんなある日、二年七カ月ぶり電話をしてきたのは、かつてお互い想い合い、大切な時間を過ごした相手・旭だった。十四歳のころのお互いしか知らず、もどかしさがありつつも、ふたりの時計の針が再び動き出し……。しかし、旭には命に関わる重大な秘密が隠されていた。

ISBN978-4-8137-9068-6　定価：1320円（本体1200円＋税10%）

『君がひとりで泣いた夜を、僕は全部抱きしめる。』

ユニモン・著

母子家庭で病気がちな弟を支える高２の真菜は、周囲に心を開けずにいた。そんな中、同じクラスの謎めいたイケメンの桜人や、入部した文芸部の友人と交流を深め、真菜は明るくなっていく。桜人も文芸部なのを知って２人は惹かれ合うけど、桜人には真菜を好きになってはいけない理由があって…。

ISBN978-4-8137-9061-7　定価：1320円（本体1200円＋税10%）

『一生に一度の「好き」を、全部きみに。』

miNato《ミナト》・著

心臓病を患う葵は、ドナーが見つからなければ余命５年と知る。絶望の中、葵を勇気づけたのはライブハウスで歌うボーカル・咲の力強い歌声だった。クールで不愛想だけど本当は優しい咲。不安を抱えながらも明るくふるまう葵。ふたりは惹かれ合い、付き合うことに。ところが、葵の病状は悪化し…。一途な想いが奇跡を呼ぶ。

ISBN978-4-8137-9062-4　定価：1320円（本体1200円＋税10%）

『キミがくれた奇跡を、ずっとずっと忘れない。』

朝比奈希夜《あさひなきよ》・著

甲子園を夢見て、高校野球部のマネージャーになった高１の莉奈。クラスメイトで野球部でもエースの中江は女子にモテるけど、莉奈をいつもからかってくるケンカ友達。ある日、密かにあこがれていた先輩に失恋してショックをうける莉奈。中江は、「お前を甲子園につれていく。そのときはお前を俺のものにする」と宣言して…。

ISBN978-4-8137-9058-7　定価：1320円（本体1200円＋税10%）

書店店頭にご希望の本がない場合は、書店にてご注文いただけます。

スターツ出版人気の単行本！

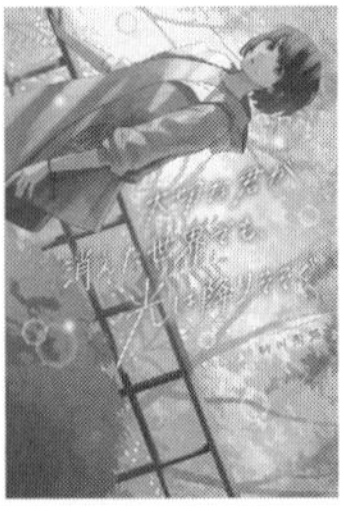

『大切な君が消えた世界でも、光は降りそそぐ』

砂川雨路《すながわあめみち》・著

母親や周囲とうまくいかず、息苦しい毎日を送る高3の真香。そんな真香の唯一の救いで片想いの相手は、従兄で警察官の迅。その後、迅は勤務中に行方不明となる。ところが、落ち込む真香の前に“何か違う”迅が現れ、高校最後の夏を一緒に過ごすことに。だけど、迅の体は徐々に見えなくなっていき…。

ISBN978-4-8137-9055-6　定価：1320円（本体1200円＋税10％）

『365日、君をずっと想うから。』

SELEN《セレン》・著

桜の木の下で昼寝をしていた花が目覚めると、なんと膝の上に見知らぬイケメン・蓮が寝ていた。そして、彼に弱みを握られ、言いなりになることを約束させられてしまう。さらに、「俺、未来から来たんだよ」と信じられないことを告げられて…。意地悪だけど優しい蓮に惹かれる花。でも、彼の命令には切ない秘密があった──。

ISBN978-4-8137-9056-3　定価：1320円（本体1200円＋税10％）

『あの夏の日、私は君になりたかった。』

いぬじゅん・著

退屈な毎日を送っていた亜弥は、酔っ払いにからまれているところを、カフェでバイトしている高校生のリョウに助けてもらう。第一印象は苦手だったけど、夢に向かう彼に惹かれていく。「もう悩んだりするな。俺がいるから」と言うリョウに、亜弥の心も動かされていって…。日常が特別に変わっていく、希望の物語。

ISBN978-4-8137-9050-1　定価：1320円（本体1200円＋税10％）

『この星を見上げたら、僕はキミの幸せを願う。』

月森《つきもり》みるく・著

母親を亡くした高校生の結月は、父の再婚相手の家族と馴染めず、切なさと孤独を感じていた。 そんな孤独を紛らわすために、真夜中とある公園にたどり着くが、そこには、なぜかひとり星を見上げる男子・リツがいて…。リツが本当に叶えたい願いとは…？
10代の切ない葛藤がヒリヒリと迫る、感動の青春恋愛小説！

ISBN978-4-8137-9049-5　定価：1320円（本体1200円＋税10％）

書店店頭にご希望の本がない場合は、書店にてご注文いただけます。